거미는

토요일

새벽

제 1 회 아르떼 문학상 수상작

정덕시 장편소설

거미는 토요일 새벽

은행나무

차례

두희

오늘 무지개다리를 건넌 두희는 17년을 함께한 나의 반려동물이었다. 나는 처음으로 두희를 마음껏 쓰다듬었다. 빳빳하지만 부드러운 털들이 손끝을 지나갔다. 등갑을 아무리 쓰다듬어도 두희는 얌전했다. 내가 입으로 바람을 불어도 경계하지 않았다. 정말로 두희가 세상을 떠났다. 나는 키친타올을 깔아둔 이동용 통에 두희를 옮겨 담았다. 핀셋을 사용할 필요도 없었다.

나의 이십대와 삼십대를 함께한 반려동물이 세상을 떠났다고 말하면 사람들은 나를 위로할 것이다. 하지만 두희가 거미란 것을 알게 되면 어떤 사람들은 당황스러움을 감추지 못한다. 그리고 두희가 타란툴라라는 것을 알게 되면 질문들이 쏟아진다. 언제부터 곤충을 좋아했는지, 타란툴라를 어디서 구했는지, 타란툴라가 보호자를 알아보는지, 타란툴라에게 물려봤는지, 그래서 죽을 뻔했는지. 농담조로 나에게 거미줄을 쏠 수 있는지 물어보는 사람도 있었다.

간단히 대답하자면 모든 거미는 곤충이 아닌 절지동물이다. 두희와 나는 '블루프로그'에서 만났다. 두희가 나를 보호자로 인식하는지는 알 수 없지만 어느 순간부터 크게 적대감을 드러내지는 않았다. 두희에게 물린 손등은 약간 부어오르는 정도에 그쳤다. 멕시코에서 살았던 어떤 타란툴라는 28년을 살다 죽었다. 수명과 관련해서는 아직도 충분한 데이터가 모이지 않았다. 그리고 두희에게 물린 이후로 아주 가끔 내 손목에서는 거미줄이 나왔다. 이건 농담.

나는 두희를 데리고 뒷산에 올랐다. 배낭 속에 들어 있는 두희가 유일한 동행이었다. 산의 초입을 지나 본격적인 경사면이 시작될 즈음 나는 등산로를 벗어났다. 길이 닦이지 않은 경사면을 오르는 건 쉽지 않았지만, 사람들의 발길이 닿지 않을 깊숙한 산속으로 들어갔다. 나는 언젠가부터 두희를 해방시켜주고 싶었다. 사람들에게서, 특히 나에게서. 나는 사방이 나무로 둘러싸여 방향을 알 수 없는, 나조차 다시 찾아올 수 없을 것 같은 지점에서 발걸음을 멈췄다. 시간이 멈춘 것처럼 사위가 고요했다. 그곳은 그늘지고 축축해서 두희를 보내주기에 충분해 보였다. 나는 평평한 땅을 골라 나뭇잎과 돌멩이를 치웠다. 이동용 통에서 두희를 꺼내 흙을 살짝 파낸 구덩이 속에 내려놓았다. 두희는 웅크린 모습 그대로 움직이지 않았다. 돌과 나뭇잎을 쌓아올려 두희가 몸을 숨길 수 있는 은신처를 만들어주었다. 다시 찾아오지 못할 곳에 두희를 두고 온 것을 후회하는 날이 오지는 않을까. 그러나 후회는 두희의 몫이 아니었다. 고마웠어. 나는 두희에게 짧은 인사를 남기고 다시 길을 되돌아갔다.

뒷산은 출입구가 네 개나 되는 야트막한 산이었다. 나는 익지 않은 푸른 밤송이가 달린 밤나무를 지나, 딱따구리가 신명나게 나무를 쪼는 소리를 거쳐 비탈길에서 몸의 중심을 다잡아가며 한참을 걸었다. 그러나 등산로는 다시 나타나지 않았다. 그때부터 나는 방향을 되짚는 대신 무작정 아래로 내려갔다. 일단 아래로 내려가면 방법을 찾을 수 있을 것 같았다.

나뭇잎 더미 아래로 이따금씩 발이 푹푹 빠져들어가는 구덩이가 숨어 있었다. 나는 미끄러지면서 썰매를 타듯 아래로 내려갔다. 경사가 매우 가팔라 낭떠러지나 다름없는 구간에서는 비스듬히 자라난 나무를 딛거나 끌어안고 걸음을 옮겼다. 덕분에 철조망에 도착했을 때는 온몸이 흙과 나뭇잎투성이였다. 나는 가쁜 숨을 몰아쉬며 철조망에 바짝 붙었다. 철조망 너머는 중학교였다. 정확히는 중학교 건물 뒤편에 마련된 쓰레기장이었다. 나는 철조망을 올려다봤다. 내 키를 훌쩍 넘는 높이였지만 충분히 넘을 수 있을 듯했다. 나는 철조망에 매달렸다. 철조망이 길게 출렁였다.

"간첩이세요?"

막 코너를 돌아 나와 눈이 마주친 학생이 내게 물었다. 학생은 쓰레기봉투를 옮기는 중이었다. 나는 철조망에서 내려와 손을 툭툭 털었다.

"전혀 아니야."

"그럼 왜 여길 넘어오려고 했어요?"

"길을 잃었어."

학생은 내 말을 믿지 않는 눈치였다. 내 행색은 충분히 수상해 보였다. 마치 땅굴이라도 파고 나온 것처럼 엉망진창이었으니까.

"혹시 주변에 나를 도와줄 만한 사람이 없을까?"

"경찰요?"

"아니."

학생은 잠시 고민하는 듯했다.

"여기서 기다리세요."

학생은 쓰레기봉투를 쓰레기장에 가뿐히 던져넣고 어디론가 사라졌다. 나는 몸에 붙은 것들을 서둘러 정리했다. 허리춤에 걸치고 있던 여름용 남방과 머리를 털었다. 나뭇잎들과 잔가지가 우수수 떨어졌다. 나는 남방을 입고 단추를 몇 개 채웠다. 그리고 옷매무새를 가다듬었다. 얼마 지나지 않아 학생이 돌아왔다. 다른 학생들과 함께였는데, 각각의 학생들은 청소 도구를 하나씩 들고 있었다. 내 앞에 선 그들은 나를 향해 청소 도구를 겨눴다.

"물어보고 싶은 게 있으면 물어봐도 돼."

나는 학생들에게 두 손을 들어 보이며 결백을 주장했다.

"정체를 밝히세요."

"일단 나는 간첩은 아니야."

"선생님이 수상한 사람이 보이면 꼭 신고하랬어요."

"나는 수상한 사람이 아니야."

아이들은 청소 도구를 거두지 않은 채 질문들을 쏟아냈다. 나는 아이들에게 순순히 이름과 나이, 사는 동네, 다니는 회사, 직업, 결혼 유무 등을 대답했고 신분증까지 보여주었다. 아이들은 내가 나쁜 목적을 가지고 있지 않다는 것을 겨우 받아들였다. 하지만 아이들의 호기심은 끝나지 않았다.

"근데 오늘 회사는 왜 안 갔어요? 평일인데."

"휴가 냈어."

"휴가인데 왜 그러고 있어요?"

17년을 함께한 두희가 오늘 무지개다리를 건넜다. 그 소식을 전하면 학생들은 나를 위로할 것이다. 그러나 두희가 타란툴라라는 것을 알게 되면 수많은 질문이 쏟아질 것이다. 두희를 왜 다시 찾아가지도 못할 산속에 묻어주었는지, 어떻게 그렇게 태연한 건지 등등에 대해서. 나는 두희라는 길고 복잡한 사연을 털어놓는 대신 미소를 지어 보였다.

"그러게. 이제 어디로 나가면 되는지 알려줄래?"

내 부탁에 학생들은 서로 눈짓을 주고받았다.

"조금만 기다리세요. 경비 선생님이 올 거예요."

학생들의 말대로 얼마 지나지 않아 경비원이 헐레벌떡 뛰어왔다. 경비원이 숨을 고를 틈도 없이 학생들은 내 신상 정보를 모조리 떠들었다. 개중에는 틀린 부분도 있었지만 나는 딴지를 걸지 않고 잠자코 기다렸다. 경비원은 상황을 파악했다는 듯 고개를 끄덕였다. 그가 발걸음을 옮길 때마다 그의 품속에서 열쇠 뭉치가 덜그럭거렸다.

"너희들은 가도 좋아. 이제 선생님이 해결할게."

경비원은 아이들을 타일렀다. 그리고 내게 따라오라며 손짓했다. 나는 경비원을 따라 걸었다. 학생들은 경비원의 말을 아랑곳않고 경비원 뒤편으로 줄지어 우리를 쫓아왔다. 철조망을 사이에 두고 걷는 동안 경비원은 나에게 눈길조차 주지 않았다. 여전히 그의 품 안에서 열쇠 꾸러미가 덜그럭거렸다. 구불구불한 길을 지나자 학교로 통하는 철문이 나타났다. 자물쇠가 걸려 있는 철문 앞에서 그가 입을 열었다.

"학교 규정상 문을 열어드릴 수는 없습니다. 여기서부터 철조망을 따라가면 등산로 입구가 나오니 이쪽으로 죽 올라가세요."

"네?"

예상치 못한 답변이었다. 뒤따라온 학생들이 나를 대신해 항변했지만 그는 꿈쩍도 하지 않았다. 나는 조금 수상해 보일 수 있지만 위협적인 사람이 아니라는 것을 피력했다. 그러나 그는 아무 반응을 보이지 않았다.

"정말 안 되나요?"

"네, 안 됩니다."

그때의 기분을 어떻게 설명해야 할지 모르겠다. 철조망

을 따라 길게 이어진 믿음이 한순간에 무너졌다. 땅을 딛고 있는 두 다리의 감각이 선명해지며 그들과 내가 다른 곳에 서 있다는 사실이 또렷해졌다.

"얼마나 가야 하나요?"

"그냥 죽 가시면 됩니다."

몇몇 학생들은 아쉽다는 듯 내게 손을 흔들었다. 나도 아이들에게 인사했다. 경비원은 내가 학교 주변을 완전히 벗어날 때까지 그곳을 떠나지 않을 태세였다. 나는 다시 철조망을 따라 걸었다. 철조망을 따라 걸으면 아무 일도 없었던 듯 등산로로 돌아갈 수 있을 거라고 스스로를 다독였다. 그러나 학교를 벗어난 순간부터 전혀 새로운 풍경이 펼쳐졌다. 철조망 아래에 있던 돌담은 점점 높아지더니 내 키의 네 배를 훌쩍 넘었다. 울창한 나무들로 인해 주위가 어둑어둑해졌다. 길처럼 보이던 풍경이 나무 사이로 멀어져 잘 보이지 않았다. 돌아가는 길을 되짚을 수 없었다. 나는 아주 오래전부터 철조망 바깥에서 살아왔던 것 같은 기분에 사로잡혔다.

자세히 살펴보니 이곳은 두희의 비바리움 같았다. 타란툴라가 사는 야생의 기후 조건, 토양 등의 환경을 재현한 게 비바리움이었다. 산속은 어둑하고 축축했다. 바위 뒤편,

텅빈 고목나무의 틈, 나무 그늘 아래와 같이 몸을 숨길 곳
이 도처에 깔려 있었다. 두희는 비바리움이 모방에 불과하
다는 걸 눈치채고 있었을까. 바닥재는 두희가 살아갈 수 있
는 최소한의 것, 구조물들은 두희가 조금 더 복잡하게 살아
갈 수 있도록 도와주는 수단에 불과하다는 걸.

나는 복잡한 삶이 무엇인지 알지 못하지만, 적어도 지금
쓰러진 나무를 딛고 넘는 이 순간 단순하지 않은 삶이 무엇
인지 이해할 수 있을 것 같았다. 나는 길을 가로막고 있는
나무를 넘기 위해 디딤돌을 밟았고, 나무의 가지를 잡고 발
돋움했다. 뻐근한 대퇴부와 발밑에 둥근 감각이 내가 나무
를 넘어가고 있다는 사실을 그대로 전해주었다. 산 속을 헤
매는 과정은 평지를 걷는 것보다 훨씬 복잡했고, 단순하지
않은 자극들이 이어졌다. 만일 내가 아주 단순한 길을 걷고
있었다면 나는 앞으로 나아가길 포기했을지도 몰랐다. 끝
없이 이어지는 반복적인 풍경이 덧없고 허무해 자리에 털
썩 주저앉도록 만들었을지도. 뻥 뚫린 고속도로에서 졸음
운전이 더욱 많이 발생하는 것처럼. 적어도 이곳에는 다음
이 있었다. 쓰러진 나무를 지나면 허리께까지 올라오는 식
물 다음 나무를 오르는 청설모 다음 바위, 축축한 송진 냄
새, 그루터기.

나는 잠시 그루터기에 앉았다. 휴대폰을 확인했다. 어느새 학교에서 출발한 지 30분이 지났다. 숨이 가쁘고 심장이 뛰었다. 입안이 마르고 등이 축축했다. 온몸이 부위별로 뻐근했다. 나는 휴대폰을 다시 집어넣기 위해 화면을 껐다. 그곳에 내 얼굴이 비쳤을 때 나는 깜짝 놀랐다. 얼굴은 무방비했고, 내가 한 번도 본 적 없는 표정을 짓고 있었다. 아무런 마음도 투영되지 않은, 있는 그대로의 얼굴이었다. 마음이나 기분, 생각이 깃들지 않은 최초의 얼굴. 내가 들여다본 순간 그것은 사라졌지만 나는 한동안 휴대폰 화면을 바라보았다. 두희 앞에 언제나 이런 얼굴로 서 있었던 걸까.

두희는 아성체 때 나에게 온 암컷이며 지상을 돌아다니는 습성을 가진 배회성의 뉴월드종 타란툴라였다. 수컷 타란툴라는 성체로 거듭난 후 얼마 지나지 않아 숨을 거두는 반면, 암컷 타란툴라는 수컷보다 수명이 훨씬 길었다. 그러나 암컷 타란툴라의 기대수명이 얼마나 되든, 두희를 데려오던 당시의 내게는 별로 중요하지 않았다. 당시 두희의 상태로는 한 해를 넘기기도 힘겨워 보였기 때문이었다. 타란툴라의 돌연사는 빈번한 일이었다. 그러니까 두희의 죽음은 반드시 일어날 일에 가까웠고, 나는 나름대로, 어떤 방식으로든 두희의 죽음에 대비해오고 있었다. 그러나 그게

16

오늘일 줄은 몰랐다.

암컷 타란툴라는 거의 죽을 때까지 탈피를 거듭했다. 두희는 탈피 시기가 다가오면 먹잇감을 피해 다녔고, 바닥 이곳저곳에 거미줄을 만들었다. 엉덩이를 뒤덮은 털이 듬성듬성해지고 한곳에 오래 머무는 것 또한 탈피가 가까웠다는 증거였다. 탈피를 시작할 때면 언제나 두희는 등갑을 바닥에 대고 뒤집어져 있었는데, 그건 탈피를 하는 타란툴라들의 공통된 자세였다. 언뜻 배를 뒤집은 채 죽어가는 것처럼 보이겠지만 큐티클을 벗기 위해 소화액을 내뿜는 부단한 노력이 안쪽에서 꿈틀거리고 있었다.

오늘 나는 두희와 무관하게, 밀린 집안일을 해치우고 나른한 오후를 보내고자 휴가를 냈다. 단지 고요하고 무료한 일상을 위해서. 오전에 끼니를 챙긴 내가 무심코 두희의 비바리움을 들여다본 순간을 어떻게 설명해야 할까. 은신처를 벗어나 축 늘어져 있는 두희를 맞닥뜨린 순간. 의심의 여지가 없었다. 핀셋으로 두희의 배 부분을 건드려보지 않아도, 입으로 바람을 불어보지 않아도 충분했다. 두희는 탈피를 시작한 게 아니었다. 죽은 것이었다. 내가 죽음의 낌새를 눈치채지 못했다는 게 의아할 정도였다.

그루터기에서 몸을 일으킨 지 얼마나 지났을까? 나는 이제 산속에서 주저앉으면 쉽게 일어날 수 없을 만큼 지쳤다. 무엇보다 목이 바짝 말랐다. 아무리 숨을 크게 들이쉬어도 산을 뒤덮고 있는 습기는 갈증을 해소해주지 못했다. 그때 어디선가 웅웅거리는 말소리가 들렸다. 어느새 철조망 아래 돌담이 다시 내 키만큼 줄어들어 있었다. 철조망 아래로 운동기구가 설치된 작은 공원이 보였다. 드디어 철조망이 끝났다. 나는 등산로로 다시 돌아와 있었다. 잘 다듬어진 계단을 따라 등산로를 빠져나갔다. 주택가로 이어지는 평평한 지면을 딛자 몸이 땅속에 박힐 것처럼 무겁게 느껴졌다. 하지만 나는 멈추지 않았다. 그때 나를 움직인 건 갈증을 해소하겠다는 욕구였다. 수질 기준 부적합으로 사용이 중지된 약수터를 지나, 오래된 빌라 단지를 가로지르자 편의점이 보였다. 계산이 끝나자마자 나는 생수를 한 번에 들이켰다. 그리고 생수를 하나 더 샀다. 그제서야 주변을 살필 수 있었다. 우리집에서 버스를 타고 열 정거장은 이동해야 하는 동네였다. 뒷산은 고도가 높진 않지만 면적이 넓어 동과 동에 걸쳐 있던 것이다.

나는 뒤를 돌아 산을 바라보았다. 내가 산 속에 두희를 두고 온 것도, 간첩으로 오해받은 것도, 철조망을 따라 등산로를 찾아 헤맸던 것도, 발밑의 둥근 감각과 그루터기의 거슬거슬한 감촉까지도 모든 게 까마득한 옛일 같았다. 이제 집으로 돌아갈 시간이었다. 버스정류장으로 향하는 동안 나는 행인들을 하나둘 마주쳤다. 큰길가와 가까워질수록 더 많은 사람들을 마주했다. 사람들의 말소리와 웃음소리, 저마다의 걸음걸이가 거리를 거닐고 있었다. 나는 자연스럽게 인파 속에 합류했다.

버스는 31분 후 도착 예정이었다. 정류장에서 멀지 않은 곳에 가판이 세워져 있어 시간을 때울 요량으로 자리를 옮겼다. 그곳에는 10자 내외의 문구를 새겨준다는 이니셜 반지가 진열돼 있었다. 상인은 수술용 스테인리스로 만든 반지이기 때문에 반지를 낀 채 샤워를 해도, 욕조에 몸을 담가도, 김장을 해도 절대 녹슬지 않는다고 장담했다. 반지 안쪽에는 Surgical Stainless #4라는 문구가 적혀 있었다. 나보다 먼저 가판을 구경하던 커플이 반지를 구매했다. 커플은 반지에 서로의 이름을 새겼다.

나는 크기별로 놓여 있는 반지를 손가락에 끼워보았다. 반지들의 크기가 조금씩 애매했다. 둘레가 가장 큰 반지는 엄지손가락에 끼워도 헐거웠다. 검지의 중간 마디에서 꿈쩍하지 않던 반지는 약지에서 헛돌았고, 약지보다 작은 반지는 새끼손가락보다 컸다. 나는 마지막으로 크기가 제일 작은 반지를 새끼손가락에 끼워보았다. 고리 모양의 이질감이 손가락에 꼭 들어맞았다.

"뭐라고 새겨드릴까?"

상인은 내가 반지를 고르길 기다렸다는 듯 물었다. 나는 반지를 사지 않겠다는 의미로 고개를 저었다.

"괜찮아요."

나는 반지를 가판 위에 도로 돌려놓기 위해 반지의 대척점을 쥐었다. 엄지와 검지에 아무리 세게 힘을 줘도 반지는 제 모양을 유지했다. 적어도 오늘을 기억해야 하지 않을까. 두희가 떠난 날 정도는, 두희를 산에 두고 온 날을, 두희와 관련된 어떤 마음들에서 해방되었지만 해방과 동시에 새로운 마음들이 태어난 오늘을. 새롭게 태어난 마음들은 반지 안쪽에서 바깥으로 터져나올 기회를 엿보는 듯했다. 두희 때문이면서 두희 때문이 아닌 듯한 알 수 없는 어떤 것을 반지가 간신히 가두고 있는 것 같았다.

"그냥 주세요. 이대로 가져갈게요."

새끼손가락을 둘러싼 이물감은 버스에서 내리고, 집으로 올라가는 엘리베이터에서도 계속됐다. 나는 샤워를 할 때에도 잠을 잘 때도 반지를 빼지 않았다. 내심 녹이 슬진 않을까 걱정했지만 일주일이 지나도 반지는 은빛으로 반짝거렸다.

그동안 나는 두희의 물건들을 정리했다. 두희의 비바리움은 곰팡이나 응애 없이 깨끗했다. 두희의 은신처를 들어내자 은신처에 가려 보이지 않던 두희의 거미줄이 두 개는 더 있었다. 하지만 두희의 정성이 무색하게 거미줄은 쉽게 허물어졌다. 나는 마른 이끼와 물그릇, 유목과 코르크보드를 모두 꺼내고 폐기물 마대에 바닥재를 탈탈 쏟아부었다. 텅 빈 수조는 깨끗이 닦아 폐기물 스티커를 붙여 내놨다.

다시 집으로 돌아왔을 때, 두희의 비바리움이 있던 자리가 텅 비어 있고 아무것도 남지 않았다고 느꼈을 때, 나는 두희에 대한 온갖 마음들을 반지 속에 밀어넣었다. 반지는 둥글고 단단하며 여전히 은빛으로 빛나고 있었다. 이름이 없는 마음들을 품은 채로.

블루프로그

나는 작은 플라스틱 통 두 개를 들고 블루프로그로 향할 채비를 했다. 플라스틱 통 안에는 각각 밀웜과 귀뚜라미가 담겨 있었다. 밀웜과 쌍별귀뚜라미는 모두 합쳐 스무 마리 정도밖에 되지 않았지만 J는 밀웜과 귀뚜라미를 기꺼이 받아줄 것이었다. 나는 두희에게 살아 있는 먹잇감을 제공하기 위해 블루프로그에서 소량씩 구매했다. J는 내게만 특별히 소량 구매를 허락했다.

밀웜은 조용하고 냄새가 적은 먹잇감이지만 언제나 예의주시해야 했다. 밀웜이 번데기를 거쳐 갈색거저리가 된 순간부터는 번식 속도가 어마어마했기 때문이었다. 건조

밀웜은 두희가 먹이 반응을 보이지 않았기 때문에 나는 생밀웜을 고집할 수밖에 없었다. 다행히 밀기울을 가득 깔아둔 통에 밀웜을 넣고 냉장고 구석에 넣어두면 번식을 막을 수 있었다. 두희는 밀웜보다 쌍별귀뚜라미를 선호했다. 밀웜보다 훨씬 움직임이 풍부한 쌍별귀뚜라미는 두희를 자극할 요소가 훨씬 많았다. 하지만 쌍별귀뚜라미는 넣어두는 플라스틱 통의 뚜껑을 열 때마다 특유의 비릿한 냄새가 풍겼고 시끄럽게 울어대는 경우도 있었다.

블루프로그 간판이 보였다. 블루프로그라는 글자 외에 아무런 설명도 적혀 있지 않은 간판이었다. 나는 첫 번째 출입구를 그대로 지나쳤다. 그리고 편의점과 디저트카페, 기사식당을 차례로 지났다. 그 앞에 블루프로그라고 적힌 두 번째 간판이 나왔다. 색도 모양도 구성도 첫 번째 간판과 동일했다. 나는 두 번째 출입구도 그대로 지나갔다. 그리고 철물점을 지나자 세 번째 간판이 보였다. 나는 세 번째 출입구로 내려갔다. 층계를 비추는 으스스한 푸른 불빛 때문에 손님들이 선뜻 들어오지 않는 거 같다면서도 블루프로그의 주인장들은 거의 20년째 같은 조명을 쓰고 있었다. 조명 덕분에 지하로 통하는 입구는 항상 푸르고 수상해 보였다.

블루프로그는 대로변을 따라 세 개의 입구를 가지고 있었다. 18년 전, 내가 대로변을 걸으며 첫 번째 블루프로그를 발견했을 때 나는 그것을 무심코 지나쳤다. 두 번째 블루프로그가 나타났을 때 기시감에 발걸음을 멈추고 간판을 살폈다. 세 번째 블루프로그를 발견했을 때는 호기심이 솟구쳤고 푸른 조명의 수상함을 아랑곳하지 않고 아래로 내려갔다. 계단을 내려가며 세 개의 입구가 모두 이어진 커다란 지하 공간을 기대했지만 세 개의 블루프로그는 모두 독립된 공간이었다. 첫 번째 블루프로그는 관상용 어류를 판매하는 S가, 두 번째 블루프로그는 파충류와 양서류를 취급하는 K가, 마지막 블루프로그는 절지동물류를 관리하는 J가 운영하는 곳이었다. 내가 찾아간 곳은 J의 블루프로그였다. 언제나처럼 J는 퉁명스럽게 나를 반겼다.

"이 시간에 웬일?"

"줄 게 있어서."

나는 J에게 밀웜과 귀뚜라미를 건넸다. J는 통 안에 든 밀웜과 쌍별귀뚜라미의 수를 세었다.

"너희 집 개는? 더 좋은 거 주려고?"

J는 두희를 항상 너희 집 개라고 불렀다. 타란툴라에게 이름을 붙이지 않는 것, 이름이 있더라도 이름을 부르지 않

는 것이 J의 운영 철칙이었다.

"죽었어."

"너희 집 개가 몇 년 살았지?"

"17년."

"고생했다."

"내가 뭘."

"새로 데려가고 싶은 다른 개체 있으면 얘기하고. 허전할 거 아냐."

두희는 성격이 온순하고 피딩이 까다롭지 않은, 초보들에게 입문용으로 추천되는 종이었다. J는 종종 내게 까다로운 개체에도 도전해보라고 했지만 나는 그렇게 하지 않았다.

"수조까지 다 치웠어. 정말 이것만 갖다 주러 들른 거야."

나는 테이블 위에 놓인 상자를 가리켰다.

"정말 다른 개체는 안 봐도 되겠어?"

"괜찮다니까."

18년 전 내가 블루프로그에 처음 발을 들였을 때, 내부를 밝히는 은은한 조명 아래서 J는 책상에 앉아 무언가에 집중하고 있었다. 분위기가 심상치 않아 보였다. 나는 들어오면 안 될 곳에 들어온 듯 몸이 얼어붙었다. J가 나를 아랑곳 않는 것을 보고 몸을 돌려 조용히 빠져나가려 했다. 그때 J가 입을 열었다. 당시 나는 J의 블루프로그에 예약 문의를 하지 않고 방문한 첫 손님이었다.

"여기가 어딘지 알고 온 거야?"

"네?"

J가 고개를 들어 나를 쳐다보았다. 머리에 두른 두건 아래로 곱슬거리는 머리카락이 길게 늘어져 있었다. 두건의 나뭇잎 패턴이 인상적이었다. J는 나른해 보이는 듯도 했고, 험상궂어 보이기도 했지만 어딘지 다정한 구석이 있었다. J의 기세에 눌려 아무런 대답도 하지 못하는 내게 J가 말했다.

"구경하다가 가. 대신에 유리 두드리거나 시끄럽게 하면 안 돼. 쿵쿵 걷지도 말고."

J는 핀셋을 잡고 다시 무언가에 몰두했다. 나는 순순히 내부를 구경하기 시작했다. 블루프로그는 기다란 동굴 같았다. 회벽으로 처리된 벽면을 따라 랙이 설치돼 있었다. 군데군데 비어 있는 곳이 있었지만 랙은 대부분 타란툴라가 들어 있는 수조들로 가득했다. 흙바닥에 물그릇이 놓인 수조 안에서 타란툴라들은 느릿하게 움직였다. 내 인생에서 그토록 많은 타란툴라를 자세히 들여다본 적은 처음이

었다. 타란툴라의 생김새, 신체 구조, 움직임 모든 게 내가 상상해본 적 없는 모양이었다. 게다가 등갑에서 다리까지 퍼져 있는 무늬는 타란툴라가 움직일 때마다 물결처럼 일렁였다. 붉게, 푸르게, 보라빛으로. 작게 알람이 울리자 J는 기다렸다는 듯 자리에서 일어났다. 마치 내가 없는 것처럼 아주 자연스럽게 몇몇 비바리움 안에 밀웜을 넣었다. 그리고 수첩에 시간을 체크했다. 나는 무언가에 홀린 것처럼 J의 뒤를 따랐다. 흙이 두툼하게 깔려 있는 텅 빈 비바리움 앞에 J가 섰을 때 내가 말했다.

"여긴 아무것도 없는데요."

"기다려봐."

흙 위로 밀웜이 떨어지기 무섭게 땅속에 숨어 있던 타란툴라가 튀어나와 밀웜을 낚아채 사라졌다. 눈 깜짝할 사이에 벌어진 일이었다. 너무 놀라 입을 다물지 못하는 나에게 J가 말했다.

"할 수 있겠어?"

"네?"

"너도 한 번 해봐."

J는 내게 핀셋을 건넸다. 핀셋 끝에서 밀웜 한 마리가 꿈틀거리고 있었다.

"저기 구석에 있는 거에 가서 주고 와. 가장 아래에."

나는 핀셋을 받아들고 J의 지시대로 가장 구석에 있는 수조 앞에 쭈그려 앉았다. 수조에 밀웜을 떨어뜨리고 먹이 반응이 없으면 다시 밀웜을 꺼내는 게 J가 내게 맡긴 임무였다. J의 걱정과는 다르게 타란툴라는 밀웜을 잘 받아먹었다.

"다리가 하나 없어요."

"응. 다리 부절이야. 그래도 아마 탈피하면서 다시 회복할 거야. 아직 아성체니까."

다리가 잘린 타란툴라를 걱정해본 적은 없었지만 J의 말을 들으니 어딘지 안심이 됐다.

"안 징그러워?"

J가 내게 물었다.

"네, 괜찮은데요. 징그러웠으면 벌레부터 못 받아들었을 걸요."

"잘됐네. 그럼 좀 도와줄래?"

J는 나를 책상 앞으로 데려갔다. 수조 안에는 얇은 흙 위에서 주춤거리고 있는 타란툴라가 보였다. 나는 J가 건넨 두꺼운 장갑을 꼈다. 타란툴라의 등갑을 벗겨내야 하는 아주 까다로운 작업이었다.

"왜 벗겨내요?"

"탈피를 했는데 등갑 부분이 제대로 안 벗겨진 모양이야."

나는 손끝으로 타란툴라가 움직이지 못하도록 살짝 눌렀다. 그사이 J는 핀셋으로 등갑을 살살 벗겨냈다.

"그냥 내버려두면 몸이 등갑에 꽉 조여서 죽어."

등갑을 완전히 벗은 타란툴라는 J가 핀셋으로 엉덩이 부분을 살짝 건드리자 자신의 은신처로 후다닥 옮겨갔다.

"잘하네. 근처에 살아?"

"네, 자취해요."

"잘 됐다. 여기서 아르바이트 해라."

인근 대학교에 다니고 있던 나는 한두 달만 일할 생각으로 J의 제안을 수락했다. 때마침 생활비가 부족했다. J는 최저시급의 1.5배를 주겠다고 약속했다. 그 외에 내가 블루프로그에서 일하기로 한 다른 거창한 동기는 없었다. 나는 첫 출근 날부터 두희를 전담하라는 임무를 맡았다. 두희는 가장 구석진 수조에서 두 개의 다리를 복구하던 개체였다. 처음 잘려나간 다리는 탈피를 거듭해 거의 복구가 된 상태였지만, 그사이 스스로 또 다른 다리를 절단했다. 둘째 다리는 종아리마디까지 잘려나갔다.

"나랑 상성이 안 맞는 건지, 자꾸 이런 일이 일어나네. 얘

성격이 좀 지랄맞은 거 같지만 잘 부탁할게."

두희가 다리를 스스로 절단하게 된 건 J와 상성이 맞지 않아서도, 성격이 지랄맞아서도 아니었다. 블루프로그에서 두희는 두 번의 다리부절을 겪었다. 첫 부절은 은신처에 다리가 끼는 불의의 사고였다. 겨우 발끝마디만 잘려나간 덕분에 탈피 후 금방 회복되었다. 두 번째 부절은 두희가 수조에서 탈출을 감행하던 중 수조 뚜껑에 다리가 끼며 발생했다. 두희의 입장에서는 절체절명의 상황이었다. 두희는 종아리마디까지 자신의 다리를 잘라냈다. 내가 일한 지 한 달이 되던 날, J는 월급이 담긴 봉투와 함께 두희를 주었다. 블루프로그에서 쓰는 것보다 약간 더 큰 크기의 아크릴 상자, 코르크보드와 바닥재 같은 기본 재료도. J는 두희의 부절이 모두 회복될 때까지만 두희를 우리 집에서 맡아주길 부탁했다. 블루프로그에서 일하며 타란툴라를 기르는 기본적인 방법들을 익혔던 나로서는 가뿐한 마음으로 두희를 맡겠다고 했다.

블루프로그의 상황은 그때나 지금이나 비슷했다. 타란툴라들을 위한 몇 가지 기본적인 구조물들이 늘어나긴 했지만, 블루프로그를 방문한 사람들이 타란툴라 개체를 잘 관찰할 수 있도록 타란툴라에게 최소한의 환경만을 조성해주고 있었다. 그럼에도 타란툴라들은 무럭무럭 자랐다.

"여기는 그대로인 거 같아."

"뭐 그렇지. 넌 좀 변했지만."

"뭐가 변했는데?"

"몰라. 그냥 느낌이. 시간이 많이 흘렀으니까."

누구에게나 시간은 일방적으로 흐른다. 속절없이, 영락없이, 왼쪽에서 오른쪽으로 움직이는 것처럼 보인다. 마치 우리의 삶이 시간이라는 일직선에 놓여 있는 것 같다. 시작과 끝이 명확한, 누구도 벗어날 수 없는 굴레. 그래서 더욱 간절해진다. 두희가 죽기 전 한 번만이라도 J에게 데려와 보여주었으면 어땠을까. 인터넷 카페에 두희의 사진과 상태를 올려보았다면. 멍하니 시간들을 되짚다 보면 모든 게 거짓말 같아지는 순간이 온다. 두희가 죽었다는 것도, 내가 지금 블루프로그에 있다는 사실도, J의 나른한 얼굴도. 지금 나에겐 새끼손가락을 감싸고 있는 단단한 반지의 감촉만이 진짜처럼 느껴진다. 금속성의 둥근 존재감은 나른한 J의 얼굴 속 걱정스러운 표정이, 블루프로그에서 풍기는 거미들의 오묘한 냄새가, 두희와 함께했던 시간들이, 거짓이 아니라고 증언해주는 것 같다.

"나중에라도 새로운 개체를 데려가고 싶으면 얘기해."

"이제 내 인생에 반려동물은 없을 거야."

"그걸 어떻게 확신해?"

"그냥. 알아."

두희는 내 마지막 반려동물이었다. 그냥, 그것만큼은 직감적으로 알 수 있었다. 직감이라는 건 아주 짧은 순간에 미래를 복기하는 듯한 감각이었다. 미래의 어느 장면에도 나는 반려동물과 함께하지 않는다. J는 아무래도 상관없는 듯했다.

"그래, 뭐. 네 마음이지. 그리고 궁금한 거 있으면 물어봐."

J는 심드렁한 얼굴로 내게 말했다.

"뭐든 물어봐도 돼?"

"물어보라니까."

"언니는 타란툴라한테도 행복이 있다고 생각해?"

"있지."

J는 망설이지 않고 대답했다.

"그게 뭔데?"

"나도 정확히는 몰라. 하지만 적어도 스트레스를 최소화하는 데서 출발하지 않을까? 그건 만물의 공통된 의견일 거 같은데."

두희는 여러 가지 방식으로 스트레스를 표출했다. 땅굴을 파고들어가거나 비바리움 뚜껑을 독니로 물어뜯거나 벽면에 붙어 내려올 생각을 하지 않거나. 내가 영문을 모른 채 당황스러워할 때마다 J는 두희에게 알맞는 환경을 조성할 수 있도록 조언했다.

"어떻게든 습성을 포기하지 않게 만들어주는 게 좋은 방법인 거 같아."

"하지만 타란툴라한테는 보호자의 존재가 가장 큰 스트레스라며."

"그건 그렇지."

진동을 통해 주변을 감지하는 두희에게 나의 움직임은 얼마나 큰 위협이었을까. 먹이를 주기 위해 비바리움의 뚜껑을 여는 것조차 두희에게는 부담이었을 것이다.

"얘네들한테는 접촉을 최소화하는 게 가장 큰 애정표현이야. 내 생각엔 그래."

"근데 두희는 가끔씩 나를 알아봤던 거 같아."

"너희 집 개는 좀 의연한 면이 있었지. 아무래도 짬이 있었으니까."

"그런 건가."

나는 두희와 함께 했던 17년의 시간을 떠올렸다. 두희와 함께했던 17년은 아주 아득한 곳에서, 별보다 더 먼 곳에서부터 나를 기다리고 있는 듯했다. 그러나 이별의 순간을 떠올리면 시간은 터무니없이 짧아졌고 텅 빈 공간을 홀로 거니는 것처럼 쓸쓸해졌다.

"정도 많이 들었지?"

J의 물음에 대답하는 대신 나는 새끼손가락에 끼워진 반지를 뱅글뱅글 돌렸다.

"난 솔직히 네가 이렇게까지 걔를 오랫동안 잘 데리고 있을지 몰랐어. 금방 포기할 줄 알았거든. 절지들이 손이 많이 안 가는 거 같아도 신경쓸 게 은근 많잖아."

"운이 좋았지."

두희는 탈피를 통해 다리 부절을 모두 회복했다. 탈피는 타란툴라의 삶에 있어 성장하고, 문제를 해결하는 과정이었다. 하지만 동시에 수명을 단축하는 일이기도 했다. 타란툴라의 장수를 원하는 사람들은 비바리움의 온도를 약간 낮추거나 먹이를 최소한으로 제공하며 탈피를 최대한 늦췄다. 탈피 시기를 늦추는 것과 그렇게 하지 않는 것. 무엇이 더 좋은 선택인지 알 수 없지만, 확실한 것은 주기적인 탈피가 타란툴라의 육체적, 정신적 건강과 매우 깊은 관련이 있다는 점이었다. 체내 영양이 충분하지 않거나 스트레스를 많이 받을 때에도 타란툴라는 탈피를 건너뛰었다.

탈피 직후는 두희가 가장 약해지는 타이밍이었다. 두희의 큐티클을 꺼내기 위해서는 두희가 탈피를 마치고도 얼마간의 시간이 더 필요했다. 두희는 몸이 완전히 마를 때까지 은신처 안에서 큐티클을 통해 수분과 영양분을 섭취하며 머물렀다. 비바리움 어딘가에 두희의 큐티클이 방치될 때까지 나는 잠자코 기다렸다. 방치된 큐티클은 두희의 모양 그대로인 허물이었다. 그것을 들여다보고 있으면 평생을 할애해도 두희를 이루고 있는 기관과 두희의 움직임, 두희의 습성을 인간으로서는 영원히 받아들이지 못할 거란 생각이 들었다.

"언니는 타란툴라를 이해할 수 있어?"

내가 J에게 물었다.

"아니, 못하지."

"그럼 뭐가 좋았어? 뭐가 좋아서 블루프로그를 이렇게 오래 해?"

"그냥 좋아."

J는 타란툴라가 우리에게 없는 신체 구조로 사냥을 하고 거미줄을 만드는 걸 바라보고 있는 게 신기했다고 대답했다.

"알 것 같아. 그 느낌."

J의 말에 나는 고개를 끄덕였다. 여덟 개의 다리를 움직이고 방적돌기에서 거미줄을 뽑는 감각을 우리는 알 수 없었다. 위협을 느끼면 엉덩이 털을 흩날리는 것도, 탈피를 하는 감각도 우리에게는 영원히 베일 속에 가려져 있을 것이다. 나는 두희에게서 인간으로서는 느낄 수 없는 그 미지의 감각을 보는 것이 좋았다.

"근데 이상하다."

"뭐가?"

"전혀 알 수 없는 것들투성이였는데, 두희를 이해할 수 있을 것 같은 순간들도 있었어."

J는 고개를 끄덕였다.

"두희는 자기 이름이 두희였다는 걸 알았을까?"

"그건 모르겠지만 걔도 너의 무언가를 알아채는 순간들이 있었을 거야. 그게 아주 찰나였을지라도."

블루프로그의 영업시간이 한참 지나도록 나와 J는 타란툴라에 대한 수많은 질문들을 서로 쏟아냈다. 그게 J의 위로 방식이었다. 지금 이 기억을 가지고 블루프로그에서 일한 지 한 달 되던 날로 돌아간다면 나는 어떤 선택을 하게 될까? 끝을 알고도 다시 두희를 받아 들었을까, 아니면 두희가 없는 삶을 선택하게 될까? 두희와 살면서 내 삶엔 크고 작은 변화들이 있었다. 두희가 없었다면 일어나지 않을 그런 일들이었다.

"있잖아, 언니. 내가 두희랑 살면서 진짜 많은 일들이 있었잖아."

"그치."

"가끔 생각할 때가 있었어. 두희랑 살지 않았더라면 내 삶이 어떻게 변했을까 하는 생각."

"어땠을 거 같은데?"

"쓸모없는 생각이었어. 이 기억 그대로 과거로 돌아가더라도 또 두희를 선택할 거니까."

착한 거미

"그 반지는 뭐냐."

명절이었다. 건너편에 앉아 식사를 하던 삼촌이 내 새끼 손가락에 끼워진 반지를 턱짓으로 가리키며 물었다.

"만나는 사람이 있는 거냐?"

삼촌의 질문에 온 가족의 이목이 집중됐다.

"아뇨. 그냥 반지예요."

나는 최대한 담백하게 대답했다.

"딱 봐도 선물로 받은 반지는 아니네. 당신은 그것도 몰라? 요즘 반지 같은 건 젊은 사람들한텐 패션이야, 패션."

숙모는 삼촌에게 핀잔을 줬다. 숙모가 요즘이라는 말을

강조한 것은 삼촌의 말을 멈추려는 노력이었다. 하지만 삼촌은 개의치 않았다.

"다 때가 있는 거다. 우리 소리 봐라. 결혼은 해도 애는 안 낳겠다고 입에 달고 살더니 지금 원준이를 얼마나 예뻐하는지."

삼촌을 시작으로 수건돌리기를 하는 것처럼 돌아가며 한 명씩 결혼에 대한 자신들의 생각을 쏟아냈다.

"요즘엔 안 가는 사람이 더 많아. 이제 그런 얘기하면 꼰대라고."

"혼자 늙으면 얼마나 외로운 줄 알아? 자식이라도 있어야 하는 거야."

"자식 있어봤자 속이나 썩이지. 자유롭게 사는 게 제일이야."

"그래도 남들 하는 건 다 해봐야지. 돌싱이라도 좋으니까 한 번 갔다 와."

굳이 내가 끼어들지 않아도 각축전은 치열했다. 나는 고개를 끄덕이는 시늉조차 하지 않았다.

"그만들 해라. 수현이 체하겠다."

할머니의 호령에 다들 말을 멈추고 내 눈치를 살폈다. 나는 괜찮다고 말하거나 웃어 보이는 대신 잡채를 듬뿍 떠 입

속에 집어넣었다.

"소리는 언제 온대냐?"

할머니가 물었다.

"이따 저녁에 온대요."

숙모가 대답했다. 나는 저녁이 오기 전에 집으로 돌아가야겠다고 생각했다. 이런 식으로 소리와 내가 서로를 만나지 않은 지도 벌써 5년째였다. 소리와 내가 만나지 않기 위해 부단히 노력하고 있다는 건 공공연한 비밀이었다.

"원준이 그놈이 멋 부리는 데 아주 정신이 팔렸어. 그래도 중학교 올라가더니 정신이 좀 드는지 저번에 반에서 1등을 해서 소리가 냅두는 거야."

삼촌은 목청 크게 소리와 원준의 소식을 전했다. 삼촌과 눈이 마주친 것 같았지만 나는 신경쓰지 않았다. 다만 원준이 벌써 중학생이 되었다는 사실이 놀라웠다.

화장실에 다녀온 삼촌은 자리에 앉아 곁눈질로 나를 훑었다. 술기운이 오른 삼촌의 얼굴이 벌겋게 달아올라 있었다. 내게 하고 싶은 말이 있는 눈치였다. 삼촌은 입맛을 다시고 목을 가다듬었다. 삼촌은 목청이 유난히 컸고 행동에도 거침이 없었다. 유아기 시절의 원준이 삼촌 품에 안기면 자지러지듯 울음을 터뜨릴 정도였다. 아마 여기 있는 모두가 삼촌이 내게 하고 싶은 말이 있다는 걸 눈치채고 있을 것이었다. 삼촌은 무언가 결심했다는 듯 술잔을 탁 내려놓았다.

"너희 집 거미는 잘 있지?"

삼촌의 본론은 두희였다.

"죽었어요."

"언제?"

"두 달쯤 됐어요."

삼촌은 눈을 동그랗게 뜨고 놀란 기색을 감추지 않았다.

"누나도 알았어?"

삼촌이 엄마에게 물었다. 엄마가 알고 있었다고 대답하자 삼촌은 섭섭하다는 듯 굴었다.

"왜 얘기 안 했어?"

"삼촌한테 그 얘기를 왜 해요."

"저어도 소리한테는 했어야지."

삼촌은 소리가 두희의 죽음에 대해 알 권리가 있다는 것처럼 나를 다그쳤다. 어린 시절 소리와 내가 친자매처럼 붙어 다녔고, 소리의 결혼 상대를 제일 먼저 소개받은 것도 나였고, 무엇보다 소리가 아직도 그때 일 때문에 힘들어한다는 것을 들먹이면서.

"옛날에 원준이가 거미한테 물려서 죽을 뻔했던 걸 생각하면 아직도 아찔하다."

이번만큼은 숙모도 삼촌을 말리지 않았다. 언제부터인가 사건의 전말은 중요하지 않았다. 타란툴라, 실수, 사고. 자극적인 단어 몇 개로 그때의 상황은 충분히 설명되는 것처럼 보였고, 단어들을 일일이 해명하기엔 너무 많은 말들이 필요했다.

"우리가 그동안 마음고생을 얼마나 많이 했는지 수현이 너는 모를 거다."

삼촌은 교묘하게 내 눈을 피하면서 모든 걸 용서했다는 듯한 태도를 보였다.

"이번 기회에 소리도 한번 보고 가라."

"정말 그렇게 생각하세요?"

삼촌은 두희가 죽으면 모든 것이 해결될 거라고 생각했던 것일까? 두희가 세상을 떠나면 모든 게 희미해지고 오직 두희의 잘못만이 남게 되는 것일까? 두희의 죽음이 누군가에게는 관계를 회복할 기회가 될 수 있다는 게 놀라웠다.

"나는 네가 거미 때문에 가족을 저버릴 만큼 매정한 애는 아니라고 생각한다."

"삼촌은 정말 거미가 문제였다고 생각하시냐구요."

"그럼 뭐가 문제냐?"

잠자코 있던 엄마가 참지 못하겠다는 듯 입을 열었다.

"그만해. 그때 수현이 집까지 쫓아가서 가만두지 않겠다고 목에 피가 나도록 협박했던 건 기억 안 나? 그다음에도 나한테 울며불며 전화해서 원준이 치료비며 정신적 피해 보상이라고 돈도 뜯어갔잖아? 진짜 보자보자 하니까 보자기로 보여?"

엄마가 쏘아붙였다. 치료비와 정신적 피해 보상은 나도 처음 듣는 얘기였다. 삼촌은 비밀을 폭로당한 듯 귀까지 빨갛게 달아올랐다. 엄마는 기회를 놓치지 않았다.

"그리고 애들 싸움에 끼는 거 정말 없어 보여. 우리 먼저 가볼 테니까 뒤에서 욕을 하든, 발광을 하든 알아서 해. 똑똑한 원준이가 할아버지 하는 거 보고 참 많이도 배우겠어."

엄마는 내 손을 잡고 자리에서 일어났다. 삼촌은 말문이 막혔는지 엄마를 향해 삿대질을 하면서도 몇몇 단어만을 반복할 뿐이었다. 엄마는 삼촌을 뒤로하고 할머니에게 먼저 돌아가게 돼서 미안하다고 사과했다. 할머니는 모든 것을 이해한다는 듯 고개를 끄덕였다. 그리고 쪼글쪼글한 손을 내 손 위에 포갰다.

"네가 참 슬펐겠다. 같이 오래도 살았는데. 수현이 너한 테는 가족이나 다름없었을 텐데. 걱정하지 말고 집에 가서 푹 쉬어라."

집으로 돌아가는 차 안에서 엄마는 콧노래를 흥얼거렸다.

"속이 다 시원하다. 매번 저러는 거 꼴 보기 싫었는데."

"삼촌한테 돈을 줬었어?"

"내가 말 안 했니? 그때 한 이십만 원 쥐어준 걸로 뼁튀 기 한 거야."

"말을 하지. 엄마는 괜히 나 때문에 삼촌이랑 싸운 거 아 냐?"

"괜찮아. 가족이잖니. 원래 가족끼리는 한 번씩 싸우면서 지내는 거야. 너무 화목하기만 하면 그것도 밋밋하고 재미 없어."

엄마는 롤러코스터를 타고 내려온 사람처럼 활기가 넘 쳤다. 엄마에게 가족이란 모든 사건의 주범이며, 동시에 모 든 문제를 해결할 수 있는 열쇠인 것 같았다. 내게도 가족 이란 마법 같은 단어였다. 그것은 평생을 할애해도 이해할 수 없는 단어였고, 동시에 이해할 수 없는 모든 것들을 단 번에 설명하는 말이기도 했다.

그런 면에서 두희는 내 가족이었다. 물론, 두희를 블루프로그에서 데려온 첫날부터 그랬던 것은 아니었다. 그 깨달음은 어느 날 갑작스레 찾아왔다. 가족이구나. 우리가 가족이었구나. 어째서 블루프로그의 다른 타란툴라들과는 다르게 두희의 작은 움직임이 나를 미소짓게 하는지, 왜 산책하는 강아지나 집으로 돌아가는 아이들, 케이크를 사는 사람들을 보면 두희가 떠올랐는지, 무엇 때문에 엄마의 만류에도 두희를 포기할 수 없었는지 두희를 둘러싼 모든 의문들이 한순간에 해결되던 순간, 우리는 가족이 되었다. 우리가 이미 가족이었음을 깨달은 순간에 모든 의문이 해소됐다고 해야 할까?

"기억하지? 수현이 너도 엄마랑 격하게 싸웠잖아. 이제 와서 하는 말이지만, 진짜로 어떻게 거미를 키울 생각을 해. 솔직히 이제는 너도 엄마 마음 이해할 때가 됐어."

엄마는 내 자취방에 들러 두희를 만났던 날을 회상했다. 내가 두희를 데려온 지 세 달이 지났을 무렵이었다. 연락도 없이 내 자취방에 들른 엄마는 두희의 존재를 알지 못한 채 두희의 비바리움 앞으로 다가갔다. 엄마는 두희의 비바리움을 구경하기 위해 얼굴을 바짝 들이댔다. 아성체였던 두희는 발색이 제대로 드러나지 않아 제대로 들여다보지 않으면 찾기 어려웠다. 털이 보숭보숭한 두희는 유목이 만들어주는 그늘 아래에서 가만히 몸을 웅크리고 있었다.

"여기 뭐가 있나 봐."

두희가 다리를 까닥였다. 내가 설명할 겨를도 없이 엄마는 소스라치게 놀랐다. 엄마의 비명에 놀란 두희는 유목에서 은신처로 후다닥 몸을 숨겼다. 때마침 내 자취방에 놀러온 소리가 아니었다면 두희는 그대로 내동댕이쳐졌을지도 몰랐다. 당시 작은 아크릴 상자에 꾸며졌던 두희의 비바리움은 두 손으로 충분히 들어올릴 수 있을 정도였다. 소리는 엄마보다 먼저 비바리움을 들어올려 내게 건넸다.

"고모, 너무 놀라셨죠. 저도 처음에 그랬어요."

엄마는 숨을 골랐다. 나는 엄마가 곤충을 극도로 꺼려하는 것을 잘 알고 있었다. 두희는 절지동물이었지만 엄마가 절지동물이라는 말을 이해할 수 있을 것 같지 않았다. 엄마는 곤충이나 곤충처럼 생긴 무언가를 맞닥뜨리면 이성을 잃었다. 귀가 찢어질 듯한 비명을 지르면서 발을 굴러 묵사발로 만들거나, 곤죽이 될 때까지 파리채를 휘둘렀다. 소리는 적극적으로 해명했다.

"수현이도 얼떨결에 받은 거래요."

"그럼 잠깐만 맡고 있는 거야?"

"아니. 내가 키울 거야."

46

소리가 끼어들지 말라는 듯 내 발을 슬쩍 밟았다.

"저게 다리가 잘렸는데, 다른 애들이랑 있으면 공격당할 수도 있으니까 데리고 있는 건가 봐요."

"얼마나?"

"수현아, 한 달 정도면 충분하댔지?"

소리는 얘기를 사실과 조금씩 다르게 지어내기도 하면서 엄마를 설득했다. 엄마는 서서히 안정을 찾았다. 그렇게 모든 일이 일단락되는 듯했다. 엄마는 두희의 비바리움 근처로는 눈길도 주지 않았다. 나도 엄마가 두희에게서 멀찍이 떨어져 있기만 하면 불상사는 일어나지 않을 거라고 생각했다.

하지만 우리가 짜장면을 시켜 먹고 빈 그릇을 정리하면서 일이 터졌다. 엄마는 테이블 아래 놓여 있던 불투명한 플라스틱 통을 발견했고, 그것을 들어올렸다. 통 안에는 블루프로그에서 받아 온 쌍별 귀뚜라미들이 들어 있었다. 쌍별 귀뚜라미들은 갑작스런 움직임에 놀란 모양이었는지 통 안을 소란스럽게 뛰어다녔다. 불투명한 형체가 뛰어오르며 이리저리 부딪히자 팝콘 튀기는 듯한 소리가 났다. 엄마는 괴성을 지르며 플라스틱 통을 바닥에 집어던졌고 안에서 쌍별 귀뚜라미들이 튀어나왔다. 몇 마리는 엄마의 발에 밟혀 죽었고, 나머지는 집 안 곳곳으로 흩어졌다. 엄마는 이곳저곳을 두리번거렸다.

엄마가 숨을 쉴 때마다 어깨가 위로 크게 솟았다 가라앉았다. 헝클어진 머리를 정리하지도 않은 채 엄마는 두희의 비바리움을 노려봤다. 그리고 지체하지 않고 두희의 비바리움으로 성큼성큼 다가갔다. 그때 소리가 허리를 와락 껴안으며 온몸으로 엄마를 막았다. 그리고 내게 가라고, 두희와 함께 도망치라고 소리쳤다. 나는 두희를 데리고 블루프로그로 도망쳤다.

J는 신발을 짝짝이로 신고 나온 나를 소파에 앉혔다. J에게 자초지종을 설명하는 동안 눈물이 쏟아졌다.

"그래서 돌려주러 온 거야?"

"아니요."

"근데 왜 그렇게 울어."

"두희가 엄청 놀랐을 거예요."

J는 두희를 살폈다. 두희가 이동 중에 구조물에 깔린 부분은 없는지, 충격에 복부가 터지지는 않았는지. 다행스럽게도 두희는 다친 곳 하나 없이 멀쩡했다. 마음이 급했지만 뛰지 않고 잰걸음으로 온 덕분인 것 같았다. 나는 얼마간 더 목 놓아 울었다. J는 가게 문을 닫고 내가 마음껏 울 수

48

있도록 해주었다. 울면서 깨달은 게 있다면 울면 울수록 머리가 뜨거워진다는 것, 울음이 멎어갈 즘엔 누군가 나를 힘껏 쥐어짠 것처럼 온몸이 저릿저릿하다는 것이었다. J는 물을 한 컵 가져왔다.

"키우기 어려울 것 같으면 여기에 다시 돌려놔도 돼."

"싫어요."

나는 두희를 포기할 수 없었다. 두희는 세 번의 탈피를 거쳐 잘렸던 다리가 모두 복구된 상태였다.

"그럼 물이나 마셔."

나는 순순히 물을 마셨다. 열기로 가득하던 얼굴이 진정되어갔다. 그럼에도 떨림은 쉽게 잦아들지 않았다.

"전화기 좀 빌려도 돼요?"

미처 휴대폰을 챙기지 못했던 나는 J에게 전화를 빌렸다. 나는 먼저 엄마에게 전화를 걸었다. 전화를 받은 엄마는 나에게 내 마음대로 살라며 호통을 쳤고 일방적으로 전화를 끊었다. 나는 소리에게 전화를 걸었다. 소리는 걱정말고 두희를 다시 데려오라고 말했다. 집은 말끔히 정리가 되어 있었다. 소리의 솜씨인 듯했다. 잠시 침대에 앉아 숨을 돌리는데 어디선가 귀뚜라미 소리가 들려왔다.

"한 마리인 거 같은데, 어디서 우는 건지 도저히 모르겠어.”

소리가 나는 쪽으로 몸을 낮추면 귀뚜라미 울음이 멈췄고 몸을 다시 일으키면 귀뚜라미는 우렁차게 울기 시작했다. 나는 옷장 아래 어둠 속을 꼼꼼히 살폈지만 쌍별 귀뚜라미는 흔적도 없이 깜깜했다. 소리와 눈이 마주쳤다. 소리의 얼굴이 조금씩 씰룩거렸다. 그리고 누가 먼저랄 것도 없이 웃음이 터졌다. 귀뚜라미가 원래 이렇게 재밌는 곤충이었던 걸까. 귀뚜라미 소리가 들릴 때마다 웃지 않고는 버틸 수 없었다. 몸을 못 가눌 정도였다. 소리와 나는 잠시 침대에 널브러졌다. 누군가 있는 힘껏 내 배를 때리고 주무른 것 같았다.

“너무 웃어서 힘들다. 뭐가 웃긴 건지도 모르겠고.”

“마음이 놓여서 그런 거 같아. 아기들도 높은 데 있다가 내려오면 웃는다며. 안심이 돼서.”

겨우 옹알이를 할 즈음의 사촌 동생들이 친척들의 손에서 높이 날았다가 떨어지는 장면들이 떠올랐다. 품 안에 안착한 동생들은 항상 웃었다.

“그럼 이게 가짜 웃음이라는 거야?”

“뭐, 그런 셈이지.”

나는 침대에서 일어나 두희의 비바리움을 다시 채웠다.

J가 챙겨준 바닥재를 깔았고 은신처를 적당히 파묻었다. 코르크보드를 설치했고, 조화를 넣어 꾸몄다. 소리는 내 옆에서 두희의 비바리움이 다시 채워지는 것을 지켜봤다.

"이건 뭐야?"

소리가 가리킨 건 J가 사용해보라며 챙겨준 식물이었다.

"천사의 눈물이라는 식물이래."

"이름이 특이하네."

나는 J가 목 놓아 울던 나를 놀리기 위해 넣어준 물건이라는 걸 덧붙이지 않았다.

"이걸 넣으면 습도 조절이 훨씬 쉽다더라고."

나는 두희가 웅크려 있는 이동용 통의 뚜껑을 열었다. 두희는 키친타올에 싸여 꼼짝하지 않고 있었다. 핀셋으로 엉덩이 부분을 살짝 건드리자 두희는 후다닥 비바리움으로 이동했다.

"고모는 너무 걱정하지 마."

"어떻게 걱정을 안 해."

"거미. 우리 보고 알아서 하래."

소리의 목에서 쇳소리가 났다. 나는 소리가 목이 쉬도록 엄마를 설득했다는 게 무척이나 미안하고 고마웠다. 나는 소리에게 어떻게 엄마를 설득할 수 있었는지 물었다.

"그냥, 거미가 살아봤자 얼마나 살겠느냐고 그랬어. 그리고 내가 자주 들르겠다고."

며칠 동안 두희는 은신처 밖으로 나오지 않았고, 밖으로 나온 이후로도 자주 엉덩이 털을 뿜어댔다. 다리 부절이 왔을 때도 의연하던 두희가 부쩍 예민해졌다는 뜻이었다. 두희는 내 그림자가 드리우기만 해도 도망치기 바빴다. J는 충분히 그럴 수 있다며 나를 안심시켰지만 기다리는 게 답이라는 걸 알면서도 나는 자꾸만 마음이 조급해졌다.

두희는 차츰 안정을 찾아갔다. 하지만 때가 되었는데도 탈피할 기미를 보이지 않았다. 두 번 정도 시기를 건너뛴 두희는 우여곡절 끝에 탈피에 성공했다. 그러나 몸집은 거의 그대로였다. J는 탈피를 건너뛰거나 탈피를 해도 몸집이 커지지 않는 게 생각보다 흔하게 일어나는 일이라며 나를 위로했지만 내가 엄마를 미워하는 것을 멈추진 못했다.

두희의 몸집이 불어나지 않았다는 건 영양소가 충분하지 않았거나 극심한 스트레스에 노출되었다는 증거였다. 나는 두희가 대부분의 영양분을 두려움을 떨쳐내는 데 사용했을 거라고 생각했다. 두희는 영문도 모른 채 목숨을 위협받은 셈이었고 스트레스를 해소하는 다른 방법은 알지 못했다. 나는 엄마의 연락을 철저히 무시했다. 엄마와 관계를 회복하는 건 두희를 대신해 엄마에게 면죄부를 주는 일인 것 같았다. 다른 방법은 알지 못했으므로 나는 엄마를 힘껏 원망하는 수밖에 없었다.

"그때 네가 엄마 속을 얼마나 썩였는지. 어떻게 연락을 하나도 안 받을 수가 있어."

지금의 나는 엄마를 이해할 수 있었다. 엄마는 답답했을 것이고 걱정 때문에 잠을 못 이루기도 했을 것이다. 만일 내가 당시의 기억을 대부분 잊어버렸고, 어렴풋한 기억들 속에서 엄마의 푸념을 들었더라면, 어쩌면 나는 엄마에게 사과의 말을 건넸을지 몰랐다. 하지만 그 시기의 기억들은 무엇보다 선명했다. 두희는 영문도 알지 못한 채 목숨을 위협받았고, 홀로 두려움을 떨쳐냈다. 나까지 그 순간을 잊는다면, 두희가 겪은 일들은 모두 아무것도 아닌 일들이 되는 것이다. 그때 두희가 견뎌야 했던 시간들을 나는 오래도록 잊지 않을 것이다.

"소리가 아니었으면 정말 속이 문드러졌을 거야."

소리는 나와 엄마 사이를 분주히 오가며 엄마에게는 내 소식을 전했고, 내게는 엄마의 입장을 받아들일 수 있는 시간을 벌어주었다. 두희가 겪은 수모는 수모대로, 소리의 고생은 고생대로 독립적으로 발생한 일이었으므로 나는 엄마의 말에 일정 부분 수긍했다.

"그건 맞아. 소리가 고생 많이 했지."

소리는 엄마에게도 나에게도, 두희에게도 참 고마운 존재였다. 가끔 아무 이유도 없이, 소리와 내가 서로를 온전히 이해한다고 믿었던 때로 돌아갈 수 있을 것 같은 기분이 들곤 했을 정도로. 나는 소리에게도 때때로 그런 순간이 찾아오길 바랐다. 우리의 추억을 떠올리고 슬며시 미소 짓게 되는 그런 순간이.

"그래도 네가 원하지 않으면 소리한테 연락하지 마. 삼촌 말은 귓등으로 들어도 돼. 그러는 거 한두 번이니?"

"걱정 마."

완전히 안정을 찾은 두희는 엉덩이 털을 거의 날리지 않았다. 그리고 탈피를 거듭할 때마다 무럭무럭 자랐다. 두희는 평생 동안 탈피를 거듭하는 부류였기 때문에 성체가 된 후에도 탈피는 계속됐다. 두희의 몸집이 일정 이상 커질 때마다 나는 두희를 더 넓은 비바리움으로 이사시켰다. 두희가 세 번째 비바리움으로 이사를 간 직후에 소리는 결혼식을 올렸고 딱 1년 뒤에 원준이 태어났다.

원준이 말을 배우기 전부터 나는 거미 고모라고 불렸다. 거미를 키우는 고모. 어느 한쪽도 틀린 부분이 없었으므로 나는 굳이 다른 별칭을 원하지 않았다. 원준은 거미가 그려진 그림 카드가 나올 때마다 손가락으로 나를 가리켰다. 원준의 그림 카드에 그려진 거미는 까맣고 납작했다. 원준은 그것을 징그럽다고 여기지도 않았고, 신기해하지도 않았다. 그리고 항상 그 카드를 나에게 건넸다.

원준이 까맣고 납작한 거미 그림을 나에게 건넬 때마다 나는 원준에게 알려주고 싶었다. 두희는 그림보다 훨씬 복잡하고 입체적이며 역동적이라고. 그러나 소리는 나와 생각이 다른 듯했다. 소리는 원준이 고집을 피울 때마다 두희를 이용했다. 소리는 두희를 말 안 듣는 어린아이들을 거미줄에 묶어놓고 잡아먹는 무시무시한 거미로 묘사했다. 소리의 이야기 속 두희는 누군가 당근을 안 먹거나, 양치를 하지 않겠다고 떼를 쓰거나, 일찍 잠들지 않으면 모두가 잠든 새벽녘에 침대에 기어 올라와 말 안 듣는 아이를 잡아가는 존재였다. 소리는 내가 합세해 원준에게 겁을 주길 바랐지만, 그때마다 나는 웃어넘겼다.

두희 덕분은 아니었겠지만 원준은 당근도 잘 먹고, 이도 잘 닦는 초등학생으로 무럭무럭 자랐다. 그리고 두희 때문이었는지도 모르지만 원준은 또래 아이들과 다르게 파충류, 양서류, 거미류의 동물들에게 관심을 쏟았다. 종종 우

리 집에 놀러온 원준은 가만히, 그리고 조용히 두희를 지켜
보았다.

"두희야."

원준은 두희를 두희라고 부르는 몇 안 되는 사람 중 하나
였다. 그러나 두희는 원준이 자신의 이름을 부르는 몇 안
되는 사람이라는 사실에도 아무런 관심이 없었다.

"만져봐도 돼요?"

"그건 어려울 거 같은데. 두희는 눈으로만 봐야 하는 동
물이야."

나는 자세를 낮춰 원준과 눈을 맞췄다. 원준은 아쉬움에
입을 삐죽거렸지만 떼를 쓰지는 않았다. 나는 두희에게 눈
을 떼지 못하면서도 비바리움의 유리를 두드리거나 큰 소
리로 두희를 자극하지 않는 원준이 고마웠다. 기회가 되면
원준이 집에 올 때마다 마음껏 두희를 볼 수 있게 해주고
싶었다. 하지만 상황이 녹록치 않을 때가 더 많았다. 마침
바닥재를 갈아준 지 얼마 되지 않아 새로운 환경에 적응하
고 있거나, 탈피를 하고 몸을 말리는 중이거나, 이유를 모
르게 사나울 때도 있었다. 그럴 때 두희는 은신처 밖으로
한 발자국도 나오지 않을 만큼 예민했다. 원준의 콧김이 비
바리움 벽면에 서리는 것조차 조심스러웠다.

어느 순간부터 소리는 원준을 데리고 체험학습형 동물원을 다니기 시작했다. 동물들을 직접 만지고 먹이를 줄 수 있는 프로그램이 있는 동물원은 항상 인기가 많았다. 소리와 원준은 인파 속에서 오랜 시간을 기다렸다. 소리는 기다린 것에 비해 소득이 적다고 항상 투덜거렸다. 토끼의 보송보송한 털이 원준의 손을 아주 잠깐 스치듯 지나가거나, 손목 위에 앉은 새가 금방 다른 사람의 어깨 위로 날아갔고, 뱀을 목에 걸고 사진을 찍는 것도 채 1분이 걸리지 않았다.

"근데 송아지한테 우유를 주는 프로그램은 없어졌더라. 인기가 많았는데."

"왜?"

"우유를 줄 때 공기가 같이 들어가지 않도록 병을 바짝 들어야 하거든. 공기를 마시면 송아지가 죽는대. 근데 애들이잖아. 실수가 많이 일어나는 거지."

소리는 소심한 성격 탓에 원준이 송아지에게 우유를 줄 수 있는 기회를 모두 놓쳤다고 덧붙였다. 원준은 매번 자신의 차례가 오면 우유 통을 들고 자리에 얼어붙어서 꼼짝도 하지 않았다.

"다른 애들은 하지 못해 안달인데 왜 그렇게 겁이 많은지 몰라."

소리는 원준에 대한 걱정뿐이었다. 소리의 걱정은 대부분 원준이 체험형 동물원에서 기회가 와도 그것을 제대로 누리지 못했다는 내용이었다.

"수현아, 그런데 말야. 아무리 돌아다녀도 타란툴라를 만져볼 수 있는 곳이 없더라구."

예전부터 두희를 자주 봐왔던 소리는 두희의 성격을 잘 기억하고 있었다. 두희는 다른 종류의 타란툴라보다 활발하고 온순한 편이었다.

"그런데 원준이는 두희를 꼭 만져보고 싶대. 두희 말고 다른 거미는 싫다고 하네. 한 번만 부탁할게. 원준이가 이렇게 떼를 쓰는 게 처음이어서."

소리는 두희가 위험을 감지하고 엉덩이 털을 날리면 얼굴을 멀리해야 한다는 것도, 엉덩이 털은 작은 기침과 가려움을 유발한다는 것도 이미 알고 있었다. 또 내가 두희에게 인간이 만질 수 있도록 훈련시키는 핸들링을 거의 시도하지 않았다는 것도, 핸들링이 두희에게 스트레스를 준다는 사실도 잘 알고 있었다.

"정말 딱 한 번만. 내가 원준이한테도 신신당부해둘게."

"한 번 생각해볼게."

다른 사람이 두희의 핸들링을 부탁했다면 나는 단호하

게 거절했을 것이다. 그러나 소리는 두희의 목숨을 살려준 은인이나 다름없었다. 나는 언제나 소리에게 고마움을 갚을 기회가 오길 바랐다. 게다가 원준이라면 괜찮지 않을까. 원준은 두희를 구경할 때마다 지켜야 할 규칙들을 완벽히 지켰고, 내가 먼저 당부하지 않아도 살금살금 걸어다녔다. 그리고 두희의 이름을 불러주는 몇 안 되는 사람이었다. 정말 딱 한 번이면 되는 일이었다.

때마침 두희가 탈피를 마치고 젤리 같던 몸이 다시 단단해지는 때가 찾아왔다. 몸이 완전히 마르면 두희는 활동을 재개할 것이었다. 나는 소리에게 일주일 뒤에 집으로 찾아오라고 전했다. 나는 소리와 원준이 우리 집에 오기로 한 며칠 전부터 두희에게 먹이를 충분히 제공했다. 먹이를 충분히 먹지 않은 경우 손의 움직임을 먹이로 인식해 공격해 올 수 있기 때문이었다. 그리고 두희가 최상의 컨디션을 유지할 수 있도록 두희의 방에는 거의 출입하지 않았다. 나는 마치 없는 사람처럼 조용히 지냈다.

소리와 원준을 기다리는 동안 나는 괜한 짓을 벌인 것은 아닌지 걱정이 되기도 했지만 별일 없을 거라며 스스로를 다독였다. 이럴 때만이라도 두희와 대화를 나눌 수 있다면 좋을 텐데. 그랬다면 나는 두희에게 원준이 얼마나 규칙을 잘 지키는지 설명하며 두희를 설득했을지도 몰랐다. 닭가 슴살을 잘라주며 두희를 구슬리고, 두희가 핸들링을 허락하면 우리만의 사인을 만들었을 것이다. 두희야, 더 이상 참을 수 없다고 느껴지면 더듬이다리로 원을 그려줘. 너무나 터무니없는 상상이었기 때문에 나도 모르게 피식 웃음이 났다.

우리 집에 찾아온 원준은 한껏 상기되어 있었다. 나는 원준에게 몇 가지 주의사항을 일러주었다. 두희가 손 위에 올라온 다음에는 꼼짝도 하지 말 것, 하고 싶은 얘기가 있더라도 두희를 다시 비바리움으로 들여보낼 때까지 참을 것, 두희가 엉덩이 털을 날리면 눈을 감고 숨을 멈출 것, 그리고 핸들링은 이번이 처음이자 마지막이라는 것. 벌써부터 원준은 나의 당부에 호응하듯 꼼짝도 하지 않았다. 소리가 옆에서 대신 고개를 끄덕였다.

나는 원준을 데리고 두희의 방으로 들어갔다. 원준이 오기 전 작은 상자 안으로 옮겨진 두희는 얌전했다. 나는 원준에게 두 손을 내밀라고 손짓했다. 나는 두 손으로 두희를 감싸듯 들어올려 원준의 손 위에 살짝 얹었다. 두희는 잠시 고민하는 듯 더듬이다리로 원준의 손바닥을 더듬었다. 그리고 원준의 손 위에서 조금씩 움직이기 시작했다. 원준은 입을 앙 다물고 아무 말도 하지 않았다. 두희가 조금씩 원준의 팔로 기어올라갔고, 원준은 웃음을 참으려고 노력했다. 간지러워요. 원준은 입모양으로 그렇게 말했다.

두희는 나의 곤란함을 이해한다는 듯이 천천히 원준의 팔을 돌아다녔다. 나는 두희가 이례적으로 참을성을 발휘해주고 있다는 것을 알고 있었다. 웃음을 참느라 원준의 얼굴은 터질 듯 새빨갰다.

"정말 간지럽고, 부드러웠어요. 솜뭉치가 걸어다니는 것 같았어요."

거실로 나온 원준은 쉴 새 없이 떠들었다. 손가락을 꼼지락거리며 두희가 걷는 모습을 따라하기도 했다. 원준의 콧구멍이 씰룩거렸다. 나는 원준이 즐거울 때마다 콧구멍을 씰룩인다는 것을 알고 있었다. 소리는 그런 원준의 모습을 흡족한 듯 바라보았다. 나는 모든 것이 무사히 지나갔다는 데 안도했다.

"과일 좀 가지고 올게."

나는 사과를 깨끗이 씻었다. 빨갛게 익은 사과를 먹기 좋게 잘랐다. 먼저 사과를 8등분으로 나누고 씨방을 도려냈다. 껍질에 칼집을 내고 깎아 뾰족한 귀 모양을 만들었다. 원준이 토끼 모양의 사과를 보고 즐거워했으면 좋겠다는 생각과 함께. 마지막 조각을 토끼 모양으로 자르고 있을 때 비명 소리가 들렸다. 직감적으로 나는 두희의 방으로 달려갔다. 굳게 닫아놓았던 방문이 열려 있었다. 원준은 방 안에 주저앉아 손목을 쥐고 울고 있었다.

"무슨 일이야?"

소리는 방석을 들고 발을 동동 굴렀다. 비바리움의 뚜껑이 열려 있었다. 나는 소리보다 먼저 두희를 찾아야 한다고 직감했다. 두희는 방의 한켠에서 상황을 파악하려는 듯 더듬이다리로 바닥을 더듬고 있었다. 소리는 발을 쿵쿵거리며 두희에게 다가갔다. 방석으로 두희를 제압하려는 듯했다. 나는 소리를 밀치고 재빨리 두희를 들어올려 비바리움 안에 넣었다. 원준은 두희에게 손목을 물린 상태였다.

"잠깐 여기를 누르고 손목을 조금 위로 올리고 있어. 그렇게."

나는 원준을 안심시키기 위해 최대한 차분하게 말했다. 그리고 소독약을 가져와 환부를 소독했다.

"두희가 털을 날리진 않았어?"

"잘 모르겠어요."

"눈이 간지럽거나 재채기가 나진 않아?"

원준이 고개를 저었다.

"원준아, 가슴이 답답하거나 머리가 아프면 말해줘야 해."

원준은 울음을 삼키며 고개를 끄덕였다. 원준의 손목에는 두희의 잇자국이 선명했다. 나는 얼음주머니에 얼음을 담았다. 원준의 손목을 찜질하며 가장 가까운 종합병원으로 향했다. 택시 안에서 나는 원준에게 자초지종을 들을 수 있었다.

"제가 두희랑 조금 더 놀고 싶어서 엄마가 도와줬어요."

"두희랑 노는 게 좋았어?"

"네."

소리는 아무 말도 하지 않았다. 원준의 손목을 가만히 쥐고 얼음주머니를 대고 있을 뿐이었다. 나는 원준의 반대쪽 손을 꼭 잡았다.

"괜찮아. 너무 놀랐을 텐데 잘 참아줘서 고마워."

의사는 타란툴라에게 물렸다는 얘기에 당혹스러운 눈치였다. 한국에도 타란툴라가 있느냐는 반응이었다. 의사는 일단 원준의 동공을 살피고 입안을 들여다보았다. 그리고 피를 뽑아 검사실로 보냈다. 나는 내가 이전에 두희에게 물렸을 때 병원에서 어떤 조치를 받는지 의사에게 설명했다. 의사는 차트에 글씨를 휘갈겼다. 검사 결과 별다른 이상은 발견되지 않았다. 원준은 항생제 주사를 한 대 맞았다.

"24시간 내에 열이 나거나 이상이 있으면 다시 오세요. 현재로서는 아무 이상 없습니다."

나는 원준에게 이상이 발견되지 않았다는 얘기에 한시름 놓았다. 그제야 두희가 떠올랐다. 나는 두희를 제대로 살피고 나오지 못한 것이 마음에 걸렸다. 언뜻 보기에 다친 곳은 없었던 것 같았지만 소리가 두희를 내리치려던 순간을 떠올리면 가슴 한구석이 서늘했다. 그러나 서늘함은 너무 작아서 병원비를 내고, 원준을 다독이고, 소리와 원준을 배웅하는 동안 자취를 감췄다.

"원준이한테 혹시 조금이라도 이상한 점 있으면 바로 연락 줘. 조심해서 가."

"고모한테 인사해야지."

소리 대신 원준이 내게 인사했다. 우리가 헤어질 때까지 소리는 나를 쳐다보지도 않았고 나에게 직접 한 마디도 하지 않았지만 나는 그것을 이상하게 여기지는 않았다. 정신이 없겠거니 했다.

소리와 원준이 떠나는 것을 확인한 나는 뒤따라오는 택시를 탔다. 그리고 두희를 떠올렸다. 그러자 마음 한구석에 자리 잡아 눈에 띄지 않던 서늘한 기운이 조금씩 커지는 것을 느꼈다.

두희의 비바리움은 거미줄 범벅이었다. 극도로 예민한 시기가 오면 평소보다 거미줄을 많이 지어놓곤 했지만 비바리움 안이 온통 거미줄인 것은 처음이었다. 짙은 안개가 내려앉은 것처럼 두희의 모습도 보이지 않았다. 나는 당장이라도 두희를 꺼내 상태를 확인하고 싶었다. 내가 미처 발견하지 못한 상처가 있는지, 혹시라도 독니가 부러지진 않았는지. 거미줄을 걷어내고 두희를 핀셋으로 집어 꼼꼼히 살펴야 마음을 놓을 수 있을 것 같았다. 그러나 J는 내게 가만히 있어야 한다고 조언했다.

"잠깐 확인했을 때 멀쩡했다며."

"그래도."

J는 두희가 바닥을 뒤덮을 만큼 거미줄을 뽑았다면 크게 걱정하지 않아도 된다고 덧붙였다. 오히려 내가 두희를 위해 하는 행동이 두희에게 더욱 위협이 될 수 있다고 경고했다.

"걔는 시간이 필요한 거야."

두희와 대화를 나눌 수 있었다면 어땠을까. 아픈 곳은 없는지 물어볼 수 있었다면, 걱정하는 마음을 전할 수 있었다면, 사과할 수 있었다면. 언제나 내가 두희를 위해 할 수 있는 건 시간을 두고 지켜보는 일이었다. 그럴 때마다 나는 시간이 상대적으로 흐른다는 문장을 체감할 수 있었다. 언제나 두희와 나의 시간은 상대적이었다. 유리로 된 벽을 사이에 두고 안쪽에서는 두희의 시간이, 바깥쪽에서는 나의 시간이 흘렀다.

나는 우리 집에 온 두희가 처음으로 탈피하던 때를 잊지 못한다. 나는 눈을 깜박이는 것을 잊어버릴 정도로 숨을 죽인 채 그것을 바라보았다. 두희는 바닥에 등갑을 대고 누워 있었다. 주변엔 거미줄이 잔뜩이었다. 두희는 느릿느릿 움직이고 있었지만 두희가 최선을 다하고 있다는 것쯤은 알 수 있었다. 두희의 독아 부분이 쉴 새 없이 꿈틀거렸다. 그리고 새로운 독아가 천천히 바깥으로 나왔다. 두희의 몸이 오르락내리락하면서 두희가 큐티클을 비집고 조금씩 모습을 드러냈다. 두희는 많이 지쳐 보였다. 마무리 단계로 온몸의 근육과 신경, 기관들이 재배치되는 중이었다. 나는 두희가 큐티클을 완전히 밀어내고 무사히 기운을 차릴 수 있길 간절히 바랐다.

두희의 탈피와 나의 간절함. 나와 두희는 언제나 서로 다른 시간을 공유했다. 두희의 사냥과 나의 놀라움. 두희의 탐색과 나의 기다림. 두희의 적응과 나의 걱정. 두희와 나의 관계는 언제나처럼 상대적이었다. 이번에도 마찬가지일 테니까, 나는 J의 조언대로 시간을 가지기로 했다.

나는 틈이 날 때마다 소리에게 연락했지만 소리는 내 전화를 받지 않았다. 메시지를 남겨도 답장이 오지 않았다. 두희는 안정을 찾기 위해 몸을 숨기고 있다가 이틀 만에 은신처 밖으로 나왔다. 두희는 다친 곳 하나 없이 멀쩡했다. 그리고 아무 일도 없었다는 듯 태연했다.

나는 소리에게도 시간이 필요한 거라고 생각했다. 그래서 잠자코 기다렸다. 주말이 지나도록 소리에게 연락이 없으면 소리에게 직접 찾아갈 생각이었다. 하지만 주말이 되자마자 삼촌이 우리 집을 찾아왔다. 삼촌은 초인종을 누르지 않고 문을 부술 듯이 두드렸다.

"문 열어!"

삼촌은 격앙된 목소리로 소리쳤다. 삼촌이 문을 쿵쿵 두드릴 때마다 진동이 느껴졌다. 가슴 한구석이 서늘했다. 소리에게 연락했지만 소리는 여전히 전화를 받지 않았다.

"집에 있는 거 알고 왔으니까 문 열어!"

나는 서늘한 기운을 못 이겨 두희의 비바리움을 옷장 깊숙한 곳에 숨겼다. 그리고 문을 열었다. 삼촌은 집에 들어서자마자 방들을 돌아다니며 두희를 찾았다.

"무슨 일이세요."

"거미 어딨냐. 당장 데리고 와. 넌 어떻게 그렇게 위험한 걸 데리고 있어?"

삼촌에게서 술 냄새가 풍겼다. 삼촌은 잔뜩 흥분한 모습이었다. 당장이라도 두희를 짓밟아버릴 것처럼 몸을 부풀리고 씩씩거렸다. 공격적인 자세를 취한 삼촌은 타란툴라 중에서도 사납고 포악하기로 유명한 킹바분처럼 몸집을 불리고 쉭쉭거리는 히싱 소리를 멈추지 않았다.

전부터 삼촌은 내가 두희와 함께 사는 걸 탐탁지 않게 여겼다. 삼촌은 두희를 거의 독극물처럼 생각했다. 삼촌의 상상 속에서 두희의 독은 스치기만 해도 온몸이 마비가 되고 손쓸 겨를도 없이 생명을 죽음에 이르게 하는 수준이었다. 하지만 그건 사실이 아니었다. 타란툴라의 독은 꿀벌에게 쏘이는 정도였다. 타란툴라 중에서 가장 강한 독을 가진 종도 설치류를 마비시키는 정도의 독을 가지고 있었다. 인간의 생명에는 지장을 주지 않았다. 알레르기 반응만 일어나지 않는다면 걱정할 게 없었다. 그러나 어떤 설명도 삼촌의 화를 누그러뜨릴 수는 없을 듯했다.

"지금 여기 없어요. 동물병원에 있어요."

"병원?"

나는 거짓말을 했다. 희귀 동물을 취급하는 동물병원에

서도 타란툴라를 받아주지 않는 경우가 허다했다. 사실상 두희는 목숨을 운에 맡긴 채 살아가고 있는 거나 다름없었다. 그러나 삼촌은 두희가 병원에 있다는 말을 믿었다. 삼촌은 분이 가라앉지 않는 듯했다.

"수현이 너는 거미 새끼 걱정밖에 안 되냐? 그래서 입원시켰어? 원준이는 꼴랑 주사 한 대 맞게 하고?"

삼촌의 태도는 나를 혼란스럽게 만들었다. 어째서 삼촌은 과격한 태도를 거두지 않는 것일까. 나는 삼촌이 술을 마시고 우리 집을 찾아온 것, 두희를 찾아 헤매는 것, 며칠째 소리와 연락이 닿지 않는 것의 연결점이 무엇인지 생각했다.

"혹시 원준이가 아파요?"

병원에 갔을 때만 해도 두드러기 반응과 발열 증상은 없었는데. 삼촌은 혀를 차고 나를 노려봤다.

"너 이 자식, 끝까지 모른 척할 거냐? 소리가 앓아누웠어. 너 때문에. 소리가 너한테 어떻게 했는데 이렇게 나오는 거냐?"

"그게 무슨 말이세요."

삼촌은 내가 거미에게 홀려 가족을 버렸다고 비난했다. 삼촌이 지적한 것은 세 가지였다. 거미에 정신이 팔려 소리를 내동댕이친 것, 원준이 물린 것을 보고도 놀란 기색 하나 없이 아무렇지 않았던 것.

"그리고 사과 한마디 하지 않았다며?"

삼촌은 내게 변명할 기회를 주지 않았다. 두희를 가만두지 않겠다며 으름장을 놓고 병원이 어디에 있냐고 물을 뿐이었다.

"그 거미 새끼 내가 작살을 낼 거니까."

"전 그렇게 못하니까 그냥 가세요."

삼촌은 내가 그깟 거미 새끼 때문에 정말로 가족을 저버렸다며 악을 썼다.

"가세요."

나는 눈 하나 깜박하지 않았다. 삼촌의 얼굴이 붉으락푸르락했다. 삼촌은 식탁 위에 놓여 있던 컵을 바닥에 집어던지고 돌아갔다.

나는 깨진 조각들을 치우고 옷장 안에서 두희를 꺼냈다. 그 후로 며칠간 나는 삼촌의 협박 문자에 시달렸다. 대부분 두희가 위험한 동물인 것을 뻔히 알고 있는 내가 원준을 궁지로 내몰았다는 내용이었다. 엄마가 담판을 짓겠다고 나섰고 그제서야 삼촌은 잠잠해졌다. 소리는 여전히 전화를 받지 않았다. 나는 소리에게 문자를 보냈다. 오해가 있었던 것 같다는 내용이었다.

'너는 정말 끝까지 미안하다는 말 한마디 없구나.'

소리에게 답장이 왔다. 소리는 나에게서 사과를 듣고 싶었던 모양이었다. 소리의 성격상 나의 미안하다는 말 한마디면 다시 아무 일도 없었던 것처럼 돌아갈 수 있을 것이었다. 나는 소리에게 답장을 써 내려갔다.

'너를 밀쳐서 미안해, 하지만 그렇게 하지 않았더라면 두희가 어떻게 됐을지 모르겠어. 두희가 네 발에 밟히거나 네가 들고 있던 방석에 뭉개지지 않았을 거라고 말할 수 있어?'

나는 메시지를 전부 지웠다.

'너랑 원준이가 많이 놀랐을 거라 생각해. 하지만 처음부터 네가 몰래 두희를 꺼내지 않았다면 원준이가 물리는 일은 벌어지지 않았을 거야.'

나는 내용을 지우고 다시 처음부터 적어보기로 했다.

'삼촌한테 얘기 들었어. 근데 내가 원준이가 물린 걸 보고도 아무렇지 않았던 게 아니고, 원준이를 안심시키려고 놀란 티를 내지 않았던 거야. 나까지 큰소리를 치고 호들갑스럽게 굴면 원준이가 더 불안해했을 테니까.'

결국 나는 소리의 문자에 답장하지 못했다. 그렇게 5년

착한 거미 71

이 흘렀다. 이따금씩 소리가 그리워지는 시간들이 찾아왔지만, 그것은 내게만 국한된 순간이었다. 때마침 소리도 나를 보고 싶어 하고 있다면 더할 나위 없겠지만 시간이란 상대적인 것이니까. 어쩌면 내가 소리를 그리워하는 순간에도 소리는 나를 원망하고 있을지 몰랐다.

타이밍이란 시간의 상성이 잘 맞는가 아닌가의 문제가 아닐까. 두희가 배고플 즈음에 내가 먹이를 던져주는 것처럼, 비바리움 속 이끼가 말라갈 때 분무기로 물을 뿌려주는 것처럼. 하지만 아무리 때를 계산하고 가늠해도 타이밍을 맞추기란 여간 쉽지 않은 일이었다. 타이밍이 맞아서 언젠가 내가 소리와 예전처럼 지낼 수 있는 날이 오게 될까? 소리가 없는 나날들이 이제는 너무도 익숙했다.

삼촌이 엄마에게 돈을 요구했다는 걸 알게 된 명절 이후로 두 달이 지났다. 엄마에게 귀띔도 하지 않은 채 나는 본가로 향했다. 엄마를 깜짝 놀라게 해줄 심산이었다. 도어락 비밀번호를 누르기 시작하자 집 안에서 개 짖는 소리가 들렸다. 나는 호수를 확인했다. 우리 집이었다. 아마 이웃집에서 개를 데리고 놀러오기라도 한 모양이었다. 내가 문을 열어젖히자 엄마는 당황한 기색이 역력했다. 엄마의 뒤로 개가 꼬리를 흔들며 나를 반겼고, 그 옆에 중학생쯤으로 보이는 아이가 함께 서 있었다. 갈색으로 염색한 머리를 단정하게 넘긴 아이였다. 나는 그 아이가 원준이라는 것을 한눈에 알아볼 수 있었다. 어쩔 줄 몰라 하는 엄마에게 내가 말했다.

"같이 저녁 먹으려고 왔어."

그제야 엄마는 멋쩍은 듯 웃었다.

"원준이가 놀러왔어. 정말 어쩌다 오는데. 오늘 소리는 안 왔구."

엄마의 눈치를 보니 종종 소리와 원준이 함께 집에 놀러오곤 하는 모양이었다.

"이 개는 누구야?"

"소리네 개야. 원준이랑 같이 왔어."

"포포예요."

원준이 말했다. 개의 이름은 포포였다. 포메라니안과 몰티즈를 적절히 섞어놓은 듯한 하얀 개였다. 포포는 쓰다듬어 달라는 듯 내게 점프했다. 원준은 포포를 불러 세웠고 자리에 앉게 만들어 진정시켰다. 5년 만에 만난 원준은 내가 기억하는 모습보다 훨씬 의젓했다. 밖에서 우연히 만났으면 원준이라는 것을 알아채지 못했을 것 같았다. 모든 것이 그대로인데 원준만이 훌쩍 커버린 느낌이었다.

"고모, 여기 앉으세요."

원준은 제 집인 것처럼 나에게 방석을 건넸다. 원준이 더이상 나를 거미 고모라고 부르지 않는다는 점에서 나는 또새삼 놀랐다.

"고모할머니랑 뭐 하고 있었어?"

"루미큐브요."

엄마는 원준에게 보드게임을 배웠다며 쑥스러워했고 원준은 내게도 함께 루미큐브를 하자며 너스레를 떨었다. 엄마와 나, 원준은 테이블에 앉아 루미큐브를 했다. 나는 얼떨떨했다. 내 기억과 다르게 원준은 활달하고 적극적이었다. 숫기가 없고 낯을 가리던 모습은 온데간데없었다.

"오늘은 무슨 일로 온 거야?"

중학생이 된 원준이 고모할머니와 루미큐브를 하기 위해 이곳까지 왔을 것 같지는 않았다.

"가출했어요."

뜻밖의 대답이었지만 내가 전부 헤아릴 수 없는 사정이 있을 거라 생각했다. 나는 차분하게 패를 내려놓고 차례를 넘겼다. 포포는 내 발 냄새에 관심이 많은 듯했다.

"혹시 포포가 좀 귀찮으세요?"

"아니, 괜찮아."

나는 복실복실한 생물체가 내 발에 닿는 게 신기할 따름이었다. 이렇게 사부작거리고 사람을 좋아하는 생명체라니. 내가 머리를 쓰다듬어도 꼬리를 흔드는 귀여움이라니.

"포포한테 하면 안 되는 행동 같은 게 있니?"

"그냥 사람 먹는 음식만 안 주시면 돼요."

세 판의 게임은 모두 엄마의 승리로 끝났다. 엄마는 주판을 튕기던 실력이 어디 가겠느냐며 기뻐했다. 주판과 루미큐브의 상관관계는 어딘지 모호한 것 같았지만 나는 군말하지 않았다. 저녁 준비를 하기 위해 루미큐브를 정리했다. 원준은 바닥에 떨어져 있던 패를 하나 주워 박스에 담았다. 원준의 손목에는 이빨 자국처럼 보이는 흉터가 남아 있었다. 그러나 두희의 것이라고 하기엔 크기가 너무나 컸고 이빨 개수가 많았다.

"이건 포포한테 물린 거예요."

원준은 내가 자신의 손목을 가까이 볼 수 있게 해주었다.

"두희한테 물린 건 예전에 없어졌어요. 작은 상처였는데요."

원준이 가리킨 곳은 흉터 없이 깨끗했다. 원준은 포포의 이빨 자국을 다시 들어 보였다. 물린 곳에서 피가 뚝뚝 떨어졌지만 포포가 자신을 물었다는 사실에 놀라 원준은 아픈 줄도 몰랐다고 했다. 그날 이후 소리네는 포포와 함께 행동교정 프로그램에 참여했다.

"저희 가족이 진짜 많이 혼났어요."

원준은 포포를 제대로 사랑하는 방법을 배웠다고 덧붙였다. 나는 원준으로부터 꼬리를 통해 개의 기분과 상태를 알아보는 방법, 산책을 자주 해줘야 하는 이유와 올바른 산책 방법, 포포가 좋아하는 것, 싫어하는 것, 버릇 같은 것들을 전해들었다. 포포와의 즐거운 추억을 떠올릴 때마다 원준의 콧구멍이 씰룩거렸다.

"포포는 진짜 착해요."

"너를 다치게 만들었는데도?"

"그건 저희 가족이 포포가 싫다고 표현했는데도 그 행동들을 모두 무시해서 그런 거예요."

우리는 함께 저녁식사를 했다. 포포는 원준이 가방에서 꺼내준 사료를 구석에서 까득까득 씹어 먹었다. 나에게 이런 날이 올 거라고 상상하지 못했다. 두희가 준성체로 거듭났을 무렵까지도 나는 엄마가 평생 미울 것 같았고, 두희가 죽는다면 그 사실을 소리에게 제일 먼저 알리게 될 거라 생각했다. 지금의 내가 과거의 나에게 언젠가 가출한 원준과 나란히 설거지를 하는 날이 온다고 귀띔했다면 어땠을까.

76

아마 나는 코웃음을 쳤을 것이다. 정말 말도 안 되는 일이라고 생각했을 테니까. 원준은 내가 세제로 닦은 그릇을 물로 헹궈 건조대에 올렸다.

"설거지 끝나면 배 좀 깎아 와."

설거지를 끝낸 후 나는 냉장고에서 배를 꺼냈다. 원준은 물끄러미 바라보며 서 있었다.

"과일을 토끼 모양으로 자르는 방법 알아?"

원준은 고개를 저었다. 내가 먼저 시범을 보였다.

"너도 해볼래?"

원준은 내가 건넨 과도를 잡고 배를 깎았다. 토끼마다 덩치가 상이했고 귀의 길이와 넓이도 들쭉날쭉했다.

"아니, 누가 배를 이렇게 깎아."

엄마는 배를 베어물었다가 껍질을 뱉어냈다. 배 껍질은 물기를 머금은 질긴 종이 같았다. 원준과 나는 눈이 마주쳤고 그대로 웃음이 터졌다. 배가 당기도록 웃음이 멈추지 않았다.

"오늘 자고 갈 거지?"

"고모, 주무시고 가세요."

엄마가 내게 물었다. 전에는 두희가 혼자 있다는 핑계로 돌아가기도 했는데 이제 내게는 마땅한 핑곗거리가 없었다. 그럴 땐 두희에 대해 몰이해한 엄마의 태도가 보탬이 되었다. 하지만 두희가 없는 오늘, 나는 하는 수 없이 본가에서 하룻밤 자고 가기로 했다. 원준이 화장실을 간 사이에 엄마는 원준이 내게 할 말이 있는 것 같다고 귀띔했다.

"무슨 할 말?"

"나도 모르지. 근데 눈치가 그래."

원준이 화장실에서 나오는 바람에 나는 엄마에게 더 묻지 못했다. 원준은 포포와 산책을 나갈 채비를 했다. 엄마는 원준과 함께 동네를 돌고 오라며 등을 떠밀었다. 나는 능숙하게 리드줄을 잡고 걷는 원준의 뒤를 따랐다. 포포는 원준과 속도를 맞춰 걸으며 이곳저곳 냄새를 맡았다.

"포포는 참 잘 웃는다."

"밤 산책을 제일 좋아해요."

익숙한 동네가 아니었음에도 원준은 거침없이 길을 골랐다. 언뜻 포포를 따라다니는 모양새였지만 포포는 종종 원준을 살폈고 원준이 가고자 하는 곳으로 먼저 걸음을 옮기기도 했다.

"근데 저한테 왜 가출했는지 안 물어보세요?"

"내가 물어봤으면 좋겠어?"

"네."

나는 원준에게 가출한 이유가 무엇이었는지 물었다.

"포포 때문이에요."

문제는 원준이 중학생이 되면서 시작됐다. 원준이 포포와 시간을 보내려고 할 때마다 소리는 공부를 빌미로 원준을 쫓아냈다. 학원에 다니면서 원준의 고민은 더욱 깊어졌다. 밤 10시가 넘어 집에 돌아오면 숙제를 하느라 포포와 산책할 시간이 없었다. 소리와 소리의 남편은 피곤하다는 이유로 산책을 건너뛸 때가 더 많았다.

"제가 하도 많이 얘기하니까 산책하지 않고도 했다고 거짓말하더라구요."

목줄이 걸려 있는 모양이 언제나 같았고 먼지가 앉았으며 배변 봉투가 줄지 않았다. 포포는 집 안에서 배변 실수를 하기 시작했다.

"우리가 포포를 잘 안 돌봐줘서 그런 건데, 엄마랑 아빠는 자꾸 시골로 보내자고 그래요. 거기서 포포가 더 행복할 거래요."

원준은 차분히 포포가 싼 똥을 배변 봉투에 담았다. 포포는 그저 신나 보였다. 크지 않은 체구에서 참 많은 것들이 나왔다.

"고모할머니도 그런 적 있어."

잠시 공원 벤치에 앉아 쉬면서 내가 말했다.

"두희를 시골로 보내자고 했어요?"

"아니. 밖으로."

두희와 함께 산 지 4년이 지났을 무렵부터 엄마는 내게 두희의 안부를 묻곤 했다.

"걔는 아직 살아 있니?"

마치 엄마는 두희가 수명보다 오래 사는 게 신기하다는 듯 물었다. 나는 두희가 귀뚜라미 세 마리를 한 번에 해치울 정도로 건강하다고 대답했다.

"근데 엄마가 보기에는 걔가 너랑 살면 답답할 거 같아. 바깥으로 보내야 행복하지 않을까, 걔도?"

내 얘기를 들은 원준은 믿을 수 없다는 듯 고개를 절레절레 저었다. 원준은 이미 사람의 손을 탄 동물을 방생하는 건 동물을 사지로 내모는 것과 같다는 걸 잘 이해하고 있었다.

"고모할머니도 지금은 절대 그러면 안 된다는 걸 알고 계셔. 엄청 싸웠거든. 그렇다고 너도 엄마랑 싸우라는 뜻은 아니고."

"저도 잘 해볼게요."

어쩌면 가족이란 서로에게 불가피한 영역을 뜻하는 것일지도 몰랐다. 소리와 똑 닮은 원준의 날렵한 눈매가 그것을 증명하는 듯했다. 밤공기가 선선했다. 포포는 지치지도 않고 수풀 속을 탐색했다.

"고모 옛날에요. 겨울밤에 오리온자리를 찾는 방법 알려 주셨잖아요."

원준은 내게는 희미해진 추억들을 상기시켰다. 별자리 이야기, 소리 몰래 사준 300원짜리 젤리, 소리가 잠시 한눈 판 사이에 대신 먹어준 당근들, 계란프라이를 예쁘게 만드는 법 등등이었다.

"그리고 고모가 거미줄 만드는 법도 알려주셨잖아요."

"물풀로?"

"네. 재밌었어요."

손바닥 위에서 가늘게 퍼지는 물풀은 정말 거미줄 같았다.

"맞아. 정말 재밌었지."

나는 그때처럼 주먹을 꽉 쥐었다 폈다. 왼손에는 반지가 굳게 자리 잡고 있었다.

"그리고 고모가 탈피한 두희의 껍데기를 만지게 해준 적 있었잖아요."

탈피한 두희의 몸이 덜 말랐을 무렵에 원준이 놀러온 적이 있었다. 두희는 예민했고 나는 두희를 보여주는 대신 두희의 큐티클을 만지게 해주었다. 며칠 전까지만 해도 두희

였던 그것은 두희의 모양을 거의 그대로 본뜬 허물에 불과
했다. 원준은 그 촉감이 신기해 두희를 만져보고 싶었던 것
같다고 털어놨다.

"그리고 또."

"두희가 하늘나라 간 거 들었구나?"

"네. 저를 물었던 건 두희 잘못이 아닌 거 알고 있어요.
죄송해요. 저도 가끔 두희가 보고 싶을 거 같아요."

집으로 돌아왔을 때 포포의 발은 시커멓게 물들어 있었
다. 개 샴푸가 없어 걱정하던 내게 원준은 자신이 챙겨온
물건들을 보여주었다. 원준의 가방은 온통 포포와 관련된
물건들로 가득했다. 원준은 샴푸를 꺼내 포포의 발을 씻기
고 드라이어로 꼼꼼히 말렸다. 씻는 것도, 드라이어로 몸을
말리는 것도 그다지 좋아하지 않는 눈치였지만 포포는 잘
참았다. 원준의 말처럼 포포는 참 착한 개였다.

네 번째 애인

　이제 반지는 내 몸의 일부인 것처럼 자연스러웠다. 나는 새끼손가락에 반지가 있다는 것을 대부분 잊고 지낼 정도로 익숙해졌다. 문득 반지가 느껴지면 나는 반대쪽 손으로 반지를 쥐고 이리저리 움직였다. 무늬가 없는 반지는 어느 방향으로 돌려도 항상 똑같았다. 언젠가 주안과 나눴던 대화가 떠올랐다.

　"반지를 이루는 테두리랑 반지의 안쪽 공간, 둘 중에 어떤 게 반지의 본질에 가까운 거 같아?"

　"글쎄. 너는 어떻게 생각하는데?"

　내가 주안과의 일화를 떠올리게 된 것은 주안이 외국에

서 돌아왔다는 소식을 들었기 때문이었다. 친구는 이번 모임에 주안이 오기로 했다고 전했다. 고등학교 2학년 때 같은 반이 되었던 게 인연의 시작이었다. 나와 주안은 대학까지 같은 곳으로 진학했다. 덕분에 주안과 나 사이 인간관계의 교집합은 점점 커졌다. 어느새 내 지인이 곧 주안의 지인이 되었다. 그러나 주안과 내가 연인이었다는 걸 아는 사람은 아무도 없었다. 그러니 우리가 헤어졌다는 사실을 아는 사람도 없었다.

"주안이 오는 거 몰랐어?"

"응. 네 얘기 듣고 알았어."

"의외네. 너한테 제일 먼저 얘기할 줄 알았는데. 너 놀래켜주려고 그랬나 보다."

나와 주안은 사귀기 전에도 각별한 친구 사이였다. 고등학교 2학년을 기점으로 그 이후 내 인생의 어느 부분에든 항상 주안이 있었다. 주안은 나를 사이에 두고 소리와도 알고 지냈다. 함께 블루프로그에 놀러 간 적도 있었다. 나조차도 주안과의 관계를 우정이라고 여겼다. 주안과 나 사이의 관계가 변하기 시작한 건 내가 세 번째 애인과 헤어진 직후였다.

내가 두희와 함께 산다는 걸 알게 된 이후로 세 번째 애인은 끊임없이 거미와 관련한 농담을 던졌다.

"수현아, 저기 저것 좀 갖다줄래? 슉."

그는 입으로 바람 소리를 내면서 스파이더맨 같은 손동작을 했다. 그리고 혼자 큰 소리로 웃었다.

"타란툴라라니 대단해."

그가 일부러 말꼬리를 늘리며 비아냥거릴 때마다 나는 진지하게 말했다. 미디어에 등장하는 타란툴라는 과장된 모습이고 실제와는 다르다고. 두희에 대한 오해를 풀고자 나는 자주 그를 자취방에 초대했다. 하지만 그는 두희를 마주할 때마다 몸서리를 치고 괜히 수조 앞에서 깐족거렸다. 나는 수차례 두희를 조롱의 대상으로 삼거나 자극하지 말아달라고 부탁했지만 허사였다. 그는 되레 두희를 따라한답시고 손가락을 오므려 꼼지락거렸다. 나는 더 이상 참을 수 없었다. 그의 손가락이 내 목덜미를 덮치려는 순간 나는 그의 손목을 낚아챘다.

"이제 진짜 그만해."

"장난인데 뭐가 그렇게 진지해?"

그는 웃음을 거두었다. 그리고 그간 자신이 나와 두희를 이해하기 위해 얼마만큼 노력을 했는지 피력했다. 그가 스파이더맨을 다시 한번 정주행한 게 두희와 무슨 상관이 있는지는 모르겠지만 그는 정말 진심으로 그렇게 말했다. 그리고 말을 하면서 점점 억울함이 밀려오는 듯했다.

"왜 맨날 나한테만 뭐라고 하는 거야? 나야, 거미야?"

그는 두희 때문에 자신이 일방적인 희생을 감내했다고 생각했다. 또 내가 두희와 자신을 저울질한다고 생각하는 것 같았다. 그는 막무가내로 두희와 자신 중 하나를 선택하라고 요구했다.

"굳이 경중을 따져야겠어?"

"그래."

그는 내게 그깟 거미를 가지고 예민하게 군다고 따졌다. 나는 뒤통수를 한 대 맞은 것 같았다. 그동안 애써 외면해오던 그의 진심을 똑바로 목도하는 순간이었다. 그깟 거미. 그에게 두희는 그깟 거미에 불과했다. 그래서 마음대로 두희의 비바리움을 두드렸고, 내가 한눈을 판 사이에 막대기를 집어넣어 두희를 자극했고, 다큐멘터리에서 봤다면서 야생의 귀뚜라미를 포획해 두희에게 뿌리다시피 했다. 바깥에 사는 귀뚜라미는 기생충 감염의 가능성이 있어서 두희에게 급여하지 않는다고, 그런 짓은 하지 말아달라고 내가 신신당부했는데도. 어쩌면 나는 예전부터 결심이 선 상태였는지도 몰랐다. 두희는 단지 나와 함께 지낸다는 이유로 이미 너무 많은 스트레스를 감내하고 있었다.

"두희야."

"뭐?"

"너보단 그깟 거미가 낫다고."

모든 것이 지긋지긋했다. 그와 헤어지고 난 후 나는 최대한 바깥에서 생활하는 시간을 줄여나갔다. 학교에 수업을 들으러 갈 때에도 수업 시작 시간에 맞춰 출석했다가 강의가 끝나자마자 강의실을 빠져나갔다. 나는 나름대로 과의 유명인사였다. 일면식이 없는 선후배들도 나를 타란툴라를 키우는 특이한 애로 알고 있었다. 어떤 사람들에게 두희는 스릴 넘치는 흥밋거리에 불과했다. 그들은 두희가 은신처에 숨어 모습을 드러내지 않거나 그늘 아래서 가만히 쉬고 있는 시간이 많다는 얘기에 멋대로 실망했다. 그 무렵 주안은 내가 걱정된다며 매일같이 내 자취방을 찾아왔다.

"이렇게 신경써주지 않아도 돼."

"너 보러 온 거 아니고 두희 보러 온 거야. 이제 나를 좀 알아보는 것 같지 않아? 좀 친해진 거 같은데."

주안은 내 자취방에 들러 가장 먼저 두희에게 인사했다. 그것이 5평 남짓한 공간에 발을 들이기 위한 의식이라도 되는 것처럼, 손을 흔드는 모양이 어떤 의미를 담고 있는지 두희가 전혀 알아듣지 못할 텐데도 그랬다.

"글쎄. 나는 잘 모르겠는데."

"아냐, 이거 봐. 나한테 인사하는 거 아냐?"

주안은 그저 더듬이다리를 까닥이고 있는 두희의 모습을 보며 말했다. 주안은 두희에게 화답하듯 다시 한번 손인사를 했다.

"밖에 좀 나와."

"됐어. 그냥 두희랑 있는 게 편해."

주안은 익숙하게 침대에서 두 발자국 떨어진 싱크대로 가 청포도를 씻었다. 오는 길에 청과에 들러 사 온 것을 깨끗이 씻어 접시에 담아 왔다. 나는 계절이 돌아올 때마다 청포도를 박스째 구입해 먹곤 했다. 나의 취향과 습관을 주안은 오래도록 곁에서 지켜보며 기억하고 있었다. 나는 주안에게 고맙다고 말하고 청포도를 하나 집어 먹었다.

"얘도 먹고 싶은가 봐."

"두희는 과일에는 관심도 없을 걸."

평소처럼 침대맡에 나란히 앉아 시시콜콜한 이야기를 나눴다. 하지만 감기 기운 때문이었는지 그날따라 몸이 이상했다. 주안이 웃을 때마다 내 마음속 어딘가 간질간질했다. 나는 아무렇지 않은 척했지만 주안의 몸이 내게 조금씩 부딪곤 할 때마다 왠지 모를 긴장감이 맴돌았다. 주안의 팔과 닿아 있던 부근에서 심장이 뛰는 듯했다. 나는 마른침을 삼키는 대신 부단히 청포도를 입속에 넣었다. 청포도가 한 알밖에 남지 않았을 때 주안이 말했다.

"한 송이 더 씻어올까? 남았는데."

오랜 시간을 곁에 두고 있으면 저절로 알게 되는 것들이 있다. 예를 들면 두희는 비바리움의 가운데에 은신처를 위치시키는 것보다 구석에 두는 걸 선호했고, 슈퍼밀웜보다는 밀웜을 좋아한다는 사실 등이었다. 주안은 친절한 사람이었지만 모두에게 다정하지는 않았다. 주안의 다정함은 오직 나를 향했다. 내게 애인이 있든 없든, 내가 시험을 잘 봤든 망쳤든, 내게 두희가 있든 없든, 아주 오랫동안.

"다른 사람한테도 이래?"

"뭐가?"

"원래 이렇게 다정하냐고."

나는 괜히 심술을 부렸다. 나는 주안이 내게 시덥잖은 얘기를 한다고 핀잔을 주며 청포도를 씻어 올 거라고 예상했지만 주안은 의외의 반응을 보였다. 나와 주안 사이에 낯선 침묵이 흘렀다. 우리는 가만히 서로의 눈동자를 바라봤다. 나는 확인해보고 싶었다. 몸을 기울여 천천히 주안에게 다가갔다. 주안은 나를 피하지 않았다.

"나 감기 기운 있는데."

주안은 상관없다며 내게 입을 맞췄다. 주안에게서 청포
도 향이 났다. 천천히 입술을 다시 떼자 주안이 손바닥으로
새빨개진 얼굴을 가렸다.

"두희가 다 보고 있었겠다."

나는 주안의 손을 잡고 두희를 향해 흔들어 보였다.

"두희는 아무것도 몰라."

그날부터 우리는 사귀었다. 그러나 나와 주안은 우리가
연인이 되었다는 사실을 주변에 알리지 않기로 결정했다.
인간관계의 교집합이 크다는 것은 헤어졌을 때를 대비해야
만 하는 일이었다. 얽히고설킨 인간관계를 더 복잡하게 만
들고 싶지 않았다.

"그래도 두희가 알고 있으니까."

주안은 두희가 우리의 관계를 증명해주는 유일한 증인
인 것처럼 애지중지했다. 두희의 비바리움을 툭툭 건드리
거나 큰소리로 자극하지 않는 것은 물론이었고 두희에게
줄 밀웜과 쌍별귀뚜라미를 직접 선별하기도 했다. 두희에
대한 주안의 상상력은 무궁무진했다. 주안은 두희를 인격
체처럼 대했는데 가끔 주안의 얘기가 그럴듯하게 느껴질

때도 있었다.

"두희가 말을 못하는 게 다행일지도 모르겠어."

"왜?"

"그럼 두희는 판도라의 상자 같았을 거야. 두희가 이렇게 말하면 어떡해. 수현, 그때 그 사람은 이제 안 와? 주안 말고."

만약 그랬다면 주안은 내가 없을 때를 틈타 두희를 추궁했을 거 같다고 고백했다.

"근데 두희가 우리 사이를 질투하는 거 같지 않아?"

"잘 모르겠는데."

두희를 들여다보던 나를 주안이 꼭 끌어안았다. 그러자 두희가 자리를 옮겼다. 비슷한 행동을 반복할 때마다 두희는 주안의 예상대로 움직였다. 언뜻 주안의 말처럼 두희가 나와 주안의 사이를 마땅찮아 하는 것 같았다.

"거 봐. 내 말 맞지?"

사실 두희는 단순히 조금 더 어두운 곳으로 몸을 피한 것이었다. 나와 주안이 몸으로 가리고 있던 전등 빛이 서로를 끌어안을 때 두희에게 드리웠고, 두희는 갑작스러운 밝음에 놀랐을 뿐이었다. 이 사실을 깨달은 건 주안이 유학을 떠나고도 1년이 흐른 시점에서였다.

연인이 되기 전부터 주안은 한국과 반나절 정도의 시차가 있는 곳으로 유학을 준비하고 있었다. 친구로서 나는 주안의 선택을 열렬히 응원했지만, 연인으로서는 마냥 응원할 수만은 없는 노릇이었다. 발음이 쉽지 않았던 남미의 작은 도시의 이름을 지금은 완전히 잊어버렸다. 그곳에는 블루프로그에서 만났던 것보다 훨씬 많은 종류의 타란툴라들이 살았다. 또 그곳은 두희의 모체가 살았던 나라이기도 했다. J는 여력만 된다면 주안과 함께 그 나라로 떠나고 싶다는 의견을 밝히기도 했다.

"같이 갈래?"

당시 주안은 내게 물었다.

"거기에 가면 두희 친구들이 엄청 많은데."

주안이 가벼운 마음으로 말한 게 아니라는 것만은 확실했지만 주안의 어깨 너머로 배운 회화 몇 문장만 가지고 유학을 감행할 수는 없었다. 그리고 두희에게도 친구는 필요없었다. 타란툴라는 독립생활을 하는 생물이었다.

주안은 홀로 떠났다. 주안이 떠나고 얼마간 우리는 잠을 줄여가며 연락을 주고받았다. 주안이 그곳에 도착한 지 이주가 됐을 무렵, 주안의 방에 타란툴라가 들어왔다. 주안은 타란툴라를 컵으로 덮어놓고 옆 방 현지인 친구에게 도움을 청했다. 친구는 빗자루를 이용해 집 안에 들어온 타란툴라를 조용히 밖으로 쫓아냈다.

　나와 주안은 인터넷 화상채팅을 통해 서로의 이야기를 들었다. 나는 주안이 들려주는 이야기들이 좋았다. 주안의 얘기는 그곳의 날씨처럼 온화하고 따뜻했다. 하지만 나와 주안이 아무리 안간힘을 써도 같은 시간 속에서 지낼 수는 없었다. 어느 날부터 주안과 나의 그리움, 애틋함, 불안 같은 것들에 시차가 생기기 시작했다. 마치 마음에도 제한 시간이 있는 것처럼 서로에게 연락이 닿을 때 즈음이면 어떤 마음이든 한껏 숨이 죽은 상태였다. 이따금씩 지나가버린 마음을 이어가려는 노력들이 부질없는 일처럼 느껴졌다. 게다가 생활권이 완전히 달라졌기 때문인지 나와 주안의 대화 주제는 점점 협소해졌다. 나와 주안은 간단한 안부와 두희, 그곳 타란툴라들에 대한 이야기를 주로 나눴다. 우리의 대화는 이미 한나절 정도의 차이로 어긋나 있었다. 그러다 두희가 무정란을 낳으면서 일이 터졌다.

　두희는 무정란을 낳고 알들을 거미줄로 꽁꽁 둘러싸 공처럼 만든 것을 하루 종일 품었다. 수컷과 합사하지 않았으므로 무정란이라는 것을 의심할 여지는 없었다. 나는 J의 조언대로 두희에게서 알을 빼앗았다. 알을 품고 있는 동안 타란툴라는 극도로 예민해져 먹이를 거부하기도 했으므로 두희의 건강을 해칠 우려가 있었다. 게다가 부화하지 않는 무정란을 품고 있다면 그 상태가 지속될 수도 있었다. 내 얘기를 들은 주안은 한숨을 푹 쉬었다.

"왜 한숨이야?"

"불쌍해서."

"그럼 내가 억지로라도 두희를 메이팅시켰어야 했다는 거야?"

"아니, 내 말은 그게 아니고. 여기 사는 애들은 자유로운데. 너도 여기서 사는 거미들이랑 만나보면 두희한테 미안해질걸."

"그게 무슨 뜻이야?"

"인정할 건 인정해야지. 너도 알고 있는 거잖아."

우리에게 충분한 시간이 있었다면 서로 화를 누그러뜨리고, 사과하고, 오해를 풀 수 있었을지 몰랐다. 하지만 주안이 아르바이트를 가야 하는 시간이 가까웠기 때문에 우리는 합의점을 찾지 못한 채 대화를 끝냈다. 이후로 나는 두희의 소식을 주안에게 전하지 않았고, 주안도 두희의 안부를 묻지 않았다. 대화 주제에서 두희마저 사라지자 침묵이 더욱 길어졌다. 나와 주안은 통화 대신 이따금 메일을 주고받는 것으로 연락을 대신했다. 그러면서 자연스럽게 사이를 정리하게 됐다. 둘 중 누구도 눈물로 호소하거나 매달리지 않았다. 마지막 인사 또한 메일을 통해 이뤄졌다.

'나중에 한국에서 다 같이 얼굴 보자.'

'그래. 그렇게 하자.'

나와 주안 둘 중 누가 먼저 얘기를 꺼냈는지 이제는 기억이 나지 않았다. 그러나 확실한 건 마지막 메일을 주고받을 때조차 한나절 정도의 시간이 걸렸다는 것이다.

친구들의 SNS는 주안이 모임에 온다는 소식으로 떠들썩했다. SNS를 하지 않는 주안은 몰랐겠지만 주안의 예전 사진들이 친구들의 SNS를 통해 게시됐다. 주안의 앳된 얼굴과 어설프게 브이를 그리는 손가락. 주안이 떠나기 전 다같이 모여 찍었던 사진 속에서도 주안은 손가락으로 브이를 그리며 웃었다. 나에게도 그게 주안과 찍은 마지막 사진이었다.

두희의 모체가 살았던 나라는 어떤 모습이었을까. 두희는 한국에서 교배를 통해 태어났다. 두희는 블루프로그에서 타란툴라의 교배가 처음으로 성공한 사례였는데, 그전까지는 암컷이 수컷을 잡아먹는 바람에 교배에 실패했다고 들었다.

두희의 모체가 거미줄로 알들을 똘똘 뭉쳐 품기 시작했을 때 J는 감격해 마지않았다. J는 두희의 모체로부터 알을 빼앗아 인큐베이터에 넣었다. 알에서 림프들이 깨어났다. 노란 알에서 몸통과 다리가 솟아 꾸물거렸다. 얼마 뒤 첫 탈피를 거쳐 림프가 스파이더링으로 거듭났고 아성체가 되었을 무렵, 두희는 나에게 왔다.

나는 가끔씩 두희를 데리고 두희의 동족들이 사는 나라에 가면 어떨지 상상하곤 했다. 어땠을까. 감회가 새로웠을까. 감격에 겨워 눈물을 훔쳤을까. 아마 두희는 오랜 비행에 스트레스를 받아 은신처 밖으로 한참 동안 나오지 않았을 것이다. 독립생활을 하는 두희는 동족과 마주친다고 해도 그를 적으로 간주했을지도 모른다. 감회가 새로운 것은 나, 감격에 겨워 눈물을 훔치는 것도 나였을 것이었다.

몇 년 만에 성사된 모임에는 모든 친구들이 한 명도 빠지지 않고 참석했다. 오랜만에 한국으로 돌아온 주안을 보기 위해서였을 거라고 나는 짐작했다. 주안은 SNS를 하지 않았고 그 때문에 소식을 접할 수 있는 방법이 거의 없었다. 많은 친구들이 주안의 소식을 궁금해했었다. 어느새 주안은 친구들에게 둘러싸여 이런저런 질문을 받고 있었다. 주안은 자신이 한국에 완전히 돌아왔고 무역 회사에 입사할

예정이라고 친구들을 달래듯 얘기했다. 나는 주안과 가장 멀찍이 떨어진 곳에 앉아 있었다.

"이렇게 다들 모인 거 오랜만이지?"

"그러게. 한 명도 빠지지 않고 모이는 게 쉽지 않은데. 아무래도 주안이 때문인가 봐."

멀리서 바라본 주안은 겉보기엔 전과 크게 다르지 않았다.

"주안이는 그대로인 것 같네."

"다들 모이면 똑같은 거 같지. 신기해."

분명 많은 것이 달라졌는데, 한편으로는 모든 게 그대로인 것 같은 기분이 들었다. 어떻게 그런 기분이 가능한 걸까. 오랜만에 만난 친구들에게는 시간을 자유자재로 넘나드는 능력이 있는 것 같았다. 대화의 카테고리는 몇 년 전만 해도 상상할 수 없는 주제들로 이루어졌지만 금세 우리는 과거로 돌아가 추억을 상기했다. 이곳에서는 시간이란 게 좀처럼 맥을 못 추는 듯 느껴졌다.

"꼭 시간이 멈춘 거 같다."

"난 그때로 돌아간 거 같은데."

앞에 앉아 있던 친구가 친구들의 얼굴을 하나씩 살피고는 좋은 아이디어가 떠올랐다며 휴대폰을 꺼냈다.

"우리 옛날이랑 똑같이 사진 찍어보는 거 어때? 슬슬 애들 가기 전에."

친구의 아이디어는 빠르게 다른 테이블에도 전달됐다. 모두가 휴대폰을 꺼내 그동안 SNS에 올라온 사진들을 살폈다. 주안은 어리둥절한 것 같았지만 옆에 있던 친구의 도움으로 사진을 고르는 것에 동참할 수 있었다. 얼마간 머리를 맞대고 우리는 SNS에 올라온 사진 중 몇 개를 골랐다. 친구 한 명은 카페 사장에게 사진을 찍어달라고 부탁했고 사장은 흔쾌히 수락했다.

"카페를 통째로 빌리니까 이런 게 좋다."

이번 모임의 총무를 담당하는 친구의 지휘에 따라 우리는 일사분란하게 움직였다. 자리를 잡고 대열을 맞춘 뒤 각자 과거의 사진과 같은 포즈를 취했다. 하나, 둘, 셋. 모두 숨을 죽이고 사진이 찍히길 기다렸다. 사장이 손짓하면 우리는 다음 사진을 찍기 위해 분주히 자리를 옮겼다.

마지막으로 주안이 떠나기 직전에 찍었던 사진과 똑같은 포즈를 취해야 했다. 그때처럼 나는 주안의 옆에 섰다. 주안과 제대로 인사를 나눌 겨를도 없이 나는 팔을 뻗어 브이를 그렸다. 가까이서 본 주안의 얼굴은 예전보다 훨씬 다부졌다.

"사진은 단체방에 올려줄게."

모두 사진을 공유받아 각자의 휴대폰으로 확인했다.

"옛날엔 왜 이런 머리가 유행했던 걸까?"

"지금 보면 너무 이상하지."

모든 게 그대로인 것 같다는 건 나의 착각일 뿐이었다. 과거에 찍었던 사진과 방금 전에 찍은 사진을 번갈아 살피면서 나는 시간이 한 순간도 멈추지 않았다는 걸 눈으로 확인할 수 있었다.

"한 번씩 다 같이 모여서 계속 찍자. 주안이도 이제 죽 한국에 있다니까."

어느새 밤이 깊었다. 주말에도 출근을 해야 하는 친구들과 어린 자녀가 있는 친구들은 집으로 돌아갔다. 남은 사람들끼리 자리를 옮겼다. 다음 장소는 횟집으로 정해졌다.

"근데 회 못 먹는 사람이 있을 수도 있지 않아?"

주안이 나를 흘끔 쳐다보며 말했다. 금세 고개를 다른 곳으로 돌렸지만 주안이 나를 걱정해 한 말이라는 걸 알고 있었다.

"너 없는 동안 우리 모일 때마다 횟집 갔었어."

"그래?"

한때 나는 회를 먹지 않았다. 생살을 씹어 목구멍으로 넘기는 게 무척 기묘하게 느껴졌기 때문이었다. 하지만 우연한 계기로 한 점, 두 점 회를 먹기 시작하면서 이제는 그 맛을 즐길 줄 알게 됐다. 우리는 횟집으로 들어가 테이블 두 개에 옹기종기 모여 앉았다. 인원이 줄어 다 같이 이야기하는 모양이 되었다. 제철 횟감을 시키자 곁들이 안주가 먼저 나왔다.

"근데 주안아, 거기는 지금 몇 시쯤이야?"

주안은 시간을 확인했다.

"지금이면 정오가 조금 넘었을 거야."

나도 모르게 고개를 끄덕였다. 그래. 그랬겠다. 지금쯤이면 거긴 정오가 넘었겠다.

"적응하기 진짜 힘들었지. 완전 밤낮이 바뀌는 거잖아."

"그럼 한국에서는 지금 같은 밤 시간에 더 쌩쌩한 거 아냐? 거긴 정오밖에 안 됐으니까."

"한국 오고 한 일주일은 그랬지. 낮에는 정신을 차리려도 차릴 수가 없던데."

주안은 시차에 적응하는 게 고역이었다고 말했다. 낮이 되면 정신은 자고 있는데 몸이 깨어 움직이는 듯한 이상한 느낌이었다고 덧붙였다.

"거기 갔을 때보다 한국에 돌아와서 시차에 적응하는 게 더 힘들었어."

주안은 몸 안에 있는 시계가 한국에 돌아와서는 아주 천천히 시간에 적응해갔다고 설명했다.

"어디서 들은 건데, 원래 시차가 늦은 나라에 적응하는 것보다 빠른 나라에 맞춰가는 게 더 힘들다더라."

총무가 말했다.

"그래. 일찍 일어나는 것보다 지각하는 게 더 쉽지."

주안의 비유에 모두가 이해했다는 듯 고개를 끄덕였다. 주안에게는 복잡한 얘기를 쉽게 풀어내는 재주가 있었다.

오랜만에 새벽까지 깨어 있는 내 몸은 친구들의 왁자한 분위기에 적응하지 못하는 것 같았다. 늦게까지 친구들과 함께하고 싶은 마음과는 다르게 눈이 뻑뻑했고, 몸이 피곤해졌다.

"한 잔만 더 하고 가. 애들도 이제 슬슬 갈 모양이던데."

어느새 내 앞에 앉은 주안이 내 마음을 읽기라도 한 것처럼 말했다.

"얘기 들었어. 두희가 무지개다리 건넜다며."

"응."

"네가 많이 힘들었겠다."

주안은 걱정 가득한 얼굴로 나를 바라보았다.

"괜찮아."

내가 대답했지만 주안은 내 말을 쉽게 믿지 못하는 눈치였다. 주안의 심각한 듯 찌푸려진 미간은 쉽게 풀어질 줄 몰랐다. 주안에게 내가 회를 먹지 못하던 때의 나로 멈춰 있는 거라면 주안이 나를 걱정하는 건 너무도 당연했다.

두희가 언젠가 내 곁을 떠난다는 걸 상상조차 하고 싶지 않을 때가 있었다. 두희의 움직임 하나하나가 무척이나 소중하고 사랑스러웠다. 잠자는 시간이 아까울 정도였다. 나는 두희가 가장 활발한 새벽에 비바리움 앞에 가만히 앉아 있다가 침대로 돌아가곤 했다. 잠시 본가에 들를 때에도 두희가 보고 싶어 자취방으로 돌아오기 일쑤였고, 밖에서 친구들과 있을 때조차 문득문득 두희가 떠올랐다.

"나는 가끔 생각해. 네가 갑자기 사고로 죽게 되면 두희를 어떻게 해야 하는지."

주안은 사뭇 진지했다.

"그런 생각을 해?"

"그냥 어느 날 갑자기 그런 일이 생길 수도 있는 거잖아. 그럼 두희를 내가 데리고 가야 할까. 아니면 블루프로그에 맡겨야 할까."

"너는 걱정이 너무 많다니까."

나는 주안에게 핀잔을 주면서도 밀린 숙제를 하듯 두희가 죽는 날을 생각해보았다. 까마득하기는 했지만 그것을 피할 방법은 없었다. 잠시 두희의 죽음을 상상만 했을 뿐이었는데 갑작스럽게 눈물이 터졌다. 당황스러울 정도로 오랫동안 눈물은 멈추지 않았다. 그즈음 두희가 죽었다면 나는 정말로 슬픔을 주체하지 못했을 것이다. 그때 나는 소중한 것들이 내 곁을 오래도록 떠나지 않을 거라고 굳게 믿었다.

그랬던 내가 어떻게 두희의 죽음을 덤덤히 받아들일 수 있게 되었는지 누군가 묻는다면 나는 양심에 관한 속담을 예로 들 것이다. 어떤 사람들은 양심이 삼각형 모양을 하고 있다고 믿었다. 양심의 가책을 느낄 만한 행동을 하면 삼각형은 마음속에서 회전하며 마음을 아프게 했다. 하지만 계속해서 양심을 저버리는 행동을 하다 보면 뾰족했던 모서리가 닳아 양심의 가책을 느끼지 않게 된다는 이야기였다. 그 얘기를 들은 후로 내 마음 속에는 크고 작은 삼각형들이 생겨났다. 그중 죽음에 관한 삼각형은 할아버지의 장례를 치르고, 아빠가 암으로 세상을 떠나고, 소식이 궁금하던 중학교 동창이 사고로 운명을 달리하는 것을 마음으로 받아들이면서 서서히 모서리가 닳아갔다.

한동안 나는 삼각형의 모서리가 다시 자라길 기다렸다. 첨예하고 날카로운 감각이 다시 자라나 나를 떠나지 않기를 밤마다 기도했다. 하지만 삼각형은 다시 자라나지 않았다. 내가 그토록 지키고 싶었던 삼각형은 내 삶의 모양에 맞춰 모양이 변했다.

한때 삼각형이었던 마음들을 떠올리며 나는 내가 비로소 어른이 되었음을 실감했다. 평생 알고 싶지 않던 어른들의 마음을 저절로 이해할 수 있었다. 보편적인 굴레에 무사히 안착했다는 사실과 마주할 때마다 나는 무척 분했지만, 한편으로는 편안했다. 이제 나는 대교 위를 지나가는 자동차들을 보면서 내가 그들 중 하나라는 것을 알고 있는 사람이 되었다. 세상의 주인공이 될 거란 믿음은 환상에 불과했다. 나는 주인공이 아니라 한 명의 평범한 인간에 불과했다. 나는 정해진 길을 따라 나란히 순서대로 서서 지극히 평범한 인간적인 길을 따라가고 있었다. 하지만 주안에게 이러한 변화들을 들키고 싶지 않았다.

"거긴 어땠어? 지낼 만했어?"

나는 주안의 걱정스러운 얼굴을 뒤로한 채 화제를 돌렸다.

"모르겠어. 재밌기도 했는데, 보고 싶은 것도 많았어. 사실 좀 얼떨떨해. 거기서 있던 시간은 전부 꿈같고, 여기에 있는 건 다 가짜 같아서."

예전 같았다면 주안은 적어도 모르겠다는 표현은 사용

하지 않았을 것이다. 나는 주안의 얼굴을 똑바로 쳐다봤다. 주안은 거센 비바람을 뚫고 집으로 돌아와 겨우 몸을 말리기 시작한 사람 같았다. 그사이 취기가 오른 친구 한 명이 주안의 손을 덥석 붙잡았다.

"우린 진짜야."

다른 친구들도 앞다퉈 그곳에 손을 얹었다.

"그래, 우린 다 진짜야."

"이렇게 손 모은 김에 파이팅이라도 하자."

얼큰히 취한 총무가 제안했다. 모두 손을 모으고 하나, 둘, 셋을 외쳤다. 어떤 손들은 위로, 어떤 손들은 아래로 흩어졌다. 별것도 아닌 일이었는데 모두 웃음을 터뜨렸다.

동이 틀 무렵 모임은 마무리됐다. 주안은 친구들의 연락처가 없다며 한 명씩 번호를 물어봤다. 내 차례가 돌아왔다. 번호를 입력한 휴대폰을 주안에게 건네자 주안은 나에게만 들릴 듯한 목소리로 말했다.

"다음에 연락할게. 두희한테 주고 싶은 게 있어."

다음날, 나는 늦은 오후에 일어났다. 어제의 일들은 모두 꿈같았다. 유독 매웠던 매운탕도, 취한 친구들을 먼저 택시에 태워 보냈던 것도 그저 어느 날의 기억인 것은 아닐까. 나는 휴대폰을 켜 메시지가 잔뜩 쌓인 단체 대화방에 들어갔다. 주안이 초대되어 있었다. 나는 어젯밤 다같이 찍었던 사진을 다시 살폈다.

모두 정직하게 세월을 맞았다. 한 명, 한 명 얼굴을 확인 하면서 나는 친구들이 지나온 시간을 엿볼 수 있었다. 10년 만에 대학교를 졸업한, 유기묘를 입양한, 학자금 대출을 전 부 갚았을 때의, 오래된 차를 바꾼, 무사히 수술을 마친, 담 배를 끊은. 친구들의 사정들이 시간의 공백을 메웠다. 유일 하게 주안의 얼굴에는 알 수 없는 시간들이 가득했다.

주안에게서 메시지가 왔다. 일요일에 점심을 먹자는 내 용이었다.

'먹고 싶은 거 있어?'

내가 주안에게 물었다. 주안이 오래도록 그리던 음식이 있을지도 몰랐다. 그러나 주안은 한국에 온 뒤로 그리웠던 음식들을 모조리 해치웠다고 말했다.

'그래서 입맛을 한 번 전환해야 할 거 같아.'

주안은 한국 음식이 조금씩 물리기 시작했다고 고백했다.

'우리 집에서는 나한테 피자 한 조각도 못 먹게 해.'

주안에게 바로바로 답장이 온다는 게 새삼스러웠다. 주 안이 한국에 돌아왔다.

일요일엔 화창하던 날씨가 갑자기 흐려지더니 비가 퍼

붓듯 쏟아졌다. 일기예보에도 없던 소나기였다. 나는 역 근처에서 우산을 사고 주안을 만나 식당으로 걸음을 옮겼다. 주안이 추천한 식당은 주안이 있었던 남미 국가의 음식을 전문적으로 하는 곳이었다. 거센 비바람으로 온몸이 축축해졌다. 서둘러 식당에 들어갔을 때 물에 젖은 생쥐 꼴을 한 건 나와 주안뿐이었다. 홀 직원은 우리를 보고 우산 통을 꺼냈다.

직원이 안내하는 대로 주안을 앞세워 들어갔다. 주안이 발을 딛는 곳마다 물 자욱이 옅게 찍혔다. 우리는 전혀 다른 세상으로 발을 들인 듯했다. 식당 입구부터 인조 나무가 울창했다. 나뭇잎 사이로 모형 앵무새와 토코투칸 왕부리새가 모습을 드러냈다. 알 수 없는 문양이 새겨진 직물이 벽을 장식하고 있었고, 향신료 냄새가 코끝을 맴돌았다. 전통 의상을 입은 작은 인형들이 악기를 연주하고 있는 테이블이 나와 주안의 자리였다. 나는 식탁에 놓인 메뉴판을 들여다보았다.

"맛있어 보이는 음식 있어?"

메뉴판에는 음식 사진과 함께 음식에 대한 설명이 쓰여 있었다. 육류를 즐기는 나라답게 간식으로 먹는 빵 속에도 고기가 들어갔다. 내가 메뉴판의 사진과 설명을 하나씩 읽어보는 동안 주안은 나를 재촉하지 않고 기다렸다.

"나는 이거 먹어볼래."

나는 소고기 채끝살을 튀겨 토마토소스에 조리한 후 쌀
밥과 함께 먹는 음식을 가리켰다. 주안은 흰살생선 스테이
크와 단호박 안에 들어 있는 크림새우소스를 함께 곁들여
먹는 요리를 골랐다.

먼저 식전 빵과 축축한 샐러드가 나왔다. 나는 주안을 따
라 빵 위에 샐러드를 얹어 크게 베어 물었다. 새콤하게 어
우러지는 맛이 입맛을 돋우었다.

"아. 살 거 같아."

주안은 아주 만족스럽다는 듯 말했다.

"꼭 오랜만에 고향의 음식을 먹은 사람처럼 말하네."

"아니야. 그거랑은 좀 달라. 가장 좋아하는 빵을 욱여넣
다가 목이 막혀서 우유를 들이키는 느낌에 더 가까워."

나는 주안이 느낀 것을 토씨 하나 빠뜨리지 않고 이해했다.

"근데 거기는 보통 이런 모습이야?"

나는 식당 내부를 가득 채운 인테리어를 가리키며 물었다.

"아니, 내가 있던 곳은 도시라서 이렇지 않았어. 이런 것
도 관광지에서나 볼 수 있는 거야."

주안은 전통 의상을 입은 악사들을 가리켰다. 식당에는

가사를 알아들을 수 없는 노래가 흘러나오고 있었다.

"음식은 좀 어때, 입맛에 맞아?"

"응. 맛있어."

흰살생선 스테이크 위에는 꽃가루가 뿌려져 있어 꽃향기가 은은하게 입 속을 맴돌았다. 식사를 마친 나와 주안은 치즈 빵을 디저트로 먹고 커피도 한 잔 마셨다.

"외국에 놀러온 거 같아."

"난 이제 진짜로 한국에 온 거 같은 기분인데. 다들 한국말 쓰잖아. 여기 주인도."

같은 공간에서 같은 음식을 먹으며 시간을 보내고 있는 주안과 나는 서로 전혀 다른 시간을 보내고 있었다.

"한국에 돌아온 소감이 어때?"

"이제 좀 실감이 나. 공항에 도착했을 때는 어안이 벙벙하더라고."

주안은 다시 한국에 발을 내디뎠던 순간을 잊지 못할 것 같다고 말했다. 주안은 한국이 아니라 미래에 도착한 것 같았다고 당시를 회상했다.

"인천공항에 들어서면 그런 기분 느낄 때 없어? 바닥을 청소하는 것조차 로봇이 하고 있던데."

사람들은 당황하지 않고 능숙하게 시설들을 이용했다.

공항에서 버벅거리는 건 주안뿐이었다.

"네가 떠날 때랑 비교하면 놀라긴 했겠다."

주안은 한국에서도 이방인이 된 것 같았다고 털어놨다.

"근데 거기서랑은 조금 다른 소외감이었어."

"어떻게 달랐는데?"

"내 기억 속에서 한국의 시간은 멈춰 있었거든. 내가 거기 있는 동안 나는 그곳의 시간을 따르니까. 근데 막상 돌아오니까 나를 기다려주는 게 하나도 없었던 거야."

한국을 떠날 때 네 살밖에 되지 않았던 조카를 다시 만났을 때 주안은 더욱 상심했다. 조카는 주안을 생전 처음 보는 사람처럼 경계했다. 한국을 떠나기 전만 해도 자신을 잘 따르던 조카였는데 데면데면했다.

"게다가 아무리 생각해도 이모라는 호칭이 기억이 안 나는 거야. 주안 이모야. 기억 안 나?라는 말이 하고 싶었거든."

주안은 조카에게 자신을 너희 엄마의 하나뿐인 동생, 할머니의 두 번째 자식, 외국에서 돌아온 혈육이라고 소개했다.

"단어가 생각이 안 나니까 떠오르는 대로 막 조합해서 뱉은 거지, 뭐."

나는 참지 못하고 웃음을 터뜨렸다.

"미안해."

"아냐. 나도 지금 생각하면 어이없어."

주안은 숨을 크게 들이마셨다. 나는 숨을 크게 들이마시는 주안의 모습을 설명해보려고 했다. 주안은 이모라는 단어를 잊지 않겠다는 듯 숨을 크게 들이마셨다. 주안은 그때를 생각하면 황당하다는 듯 숨을 크게 들이마셨다. 주안은 조카가 끝까지 자신을 기억하지 못했다는 데 크게 상심한 듯 숨을 크게 들이마셨다. 주안은 종종 내가 모르는 얼굴을 했고, 내가 이해할 수 없는 표정을 지었다. 나는 자꾸만 주안의 행동들을 눈여겨보며 의미를 덧씌웠다. 그래야만 주안과의 간극을 채울 수 있는 것처럼.

"그날 온갖 주접을 떨었다니까."

주안의 조카는 더 이상 공룡을 좋아하지 않았고, 놀이터를 가지 않았고, 동요를 부르지 않았다.

"그럴 나이는 지났지."

"머리론 아는데 가슴이 너무 섭섭하더라니까. 지나간 시간은 노력으로 채울 수 있는 게 아닌 거 같더라."

주안에게 시간이란 적응해나갈 수밖에 없는 것이었다.

"그래도 노력하고 싶어."

"나는 네가 거기서 시민권까지 딴 줄 알았어. 너무 소식이 없어서."

"아냐. 항상 돌아오고 싶었어. 좀 그럴듯해지면 돌아오려고 했던 거지."

나는 주안에게 말로 다할 수 없는 시간들이 있었다는 것을 알 수 있었다.

"두희는 언제 그렇게 된 거야?"

"반년 좀 넘었어."

주안은 어떻게든 혼자 버티는 게 정답이라고 생각했던 자신을 조금은 원망하면서, 가끔씩이라도 한국에 들어올걸 그랬다고 아쉬움을 내비쳤다.

"너는 최선을 다한 거잖아."

"그렇게 얘기해줘서 고마워. 두희한테 고맙다는 인사는 하고 싶었는데."

"두희한테?"

"응. 두희 덕분에 거기 생활을 버틸 수 있었거든."

나는 주안의 이야기를 선뜻 받아들일 수 없었다. 두희는 계속 한국에 있었고, 주안에게 전화를 걸어 그를 다독이거나 응원의 메시지를 보낼 수도 없었다.

"두희가 어떻게 널 도왔는데?"

내 물음에 주안은 엷은 미소를 띠웠다.

"네가 그런 반응 보일 거라고 생각했어."

그곳은 두희의 모체가 살았던 나라답게 타란툴라를 자주 목격할 수 있었다. 사람들은 타란툴라가 나타나도 크게 신경쓰지 않았다.

"거기 가보면 너도 그런 생각을 할 거야. 이 정도의 온도와 습도가 타란툴라가 살기에 적당한 거구나라고."

겨울에도 영상 10도 이상의 온도를 유지하는 그곳은 타란툴라가 살기에 최적의 환경을 가지고 있었다. 아주 가끔씩 집 안으로 타란툴라가 들어오곤 했는데, 밤이면 겉옷을 걸쳐야 할 만큼 일교차가 큰 시기였다. 몇 년간 그곳에서 생활했던 주안은 익숙하게 타란툴라를 비질로 쓸어 내보낼 줄 알게 되었다.

어느 날, 주안은 행인과 사소한 말다툼을 벌였다. 행인은 주안의 발음을 따라하며 조롱했고 코를 쥐고 냄새가 난다는 듯 손짓했다. 주변의 만류가 없었다면 그는 주안이 자리를 피할 때까지 멈추지 않았을지도 몰랐다. 이전에도 몇 번 비슷한 일이 있었기 때문에 주안은 그다지 화가 나지는 않았다. 집으로 올라가는 계단에서 식료품점에서 사온 감자들을 우수수 떨어트리는 바람에 그것을 줍기 위해 계단을 하나하나 내려갈 때만 해도 그럴 수 있다고 생각했다.

"근데 집에 들어가 보니까 천장에서 물이 새고 있더라."

주안은 흥건한 물을 닦고 물이 떨어지는 자리에 냄비를 받쳐두었다고 했다. 그러고는 그 안에 똑똑 떨어지는 물방울을 물끄러미 바라봤다. 일정한 속도로 떨어지는 물방울이 모여 물이 고이고, 물이 고인 곳에 물방울이 떨어지며 작고 동그란 물결이 일었다. 물이 퍼지는 모양을 지켜보던 주안의 마음속에 갑작스럽게 북받쳐오는 것이 있었다. 주안은 자리에 주저앉아 울었다.

"그러다 문득 고개를 들었는데 집에 또 타란툴라가 들어온 거야."

그날 마주친 타란툴라는 그곳에서 본 것 중 크기가 가장 컸다. 손바닥 두 개를 모두 합친 것보다 더 큰 것 같았다. 주안은 자신도 모르게 타란툴라의 움직임을 눈으로 좇았다. 그러다 문득 그것과 눈이 마주친 것 같았을 때, 주안은 말을 걸었다. 아마도 외로움 때문이었던 것 같다고 주안은 고백했다.

"뭐라고 했는데?"

"한국말로, 너무 힘들다고. 집에 가고 싶다고."

하지만 아무리 속사정을 털어놓아도 그것은 제 갈 길을 묵묵히 걸어갔다. 그때 주안은 두희를 떠올렸다.

"두희가 꼭 우리 얘기를 들어주는 것 같을 때가 있었잖아."

나는 주안이 무엇을 얘기하는 건지 기억해냈다. 주안은 두희에게 종종 말을 걸곤 했는데 그럴 때마다 두희는 움직임을 멈추고 주안의 얘기가 끝날 때까지 자리에 가만히 멈춰 있었다. 두희는 단지 갑작스러운 진동을 감지하고 추이를 살피기 위해 자리를 지켰을 뿐이었지만 그 모습이 주안에게는 자신의 얘기를 경청하는 것처럼 보인 모양이었다.

"그러다 그런 생각이 드는 거야. 거기서 꽤 많은 타란툴라를 만났고, 거기 있는 동안은 다른 타란툴라들을 더 많이 볼 텐데, 앞으로 내가 어떤 타란툴라를 마주쳐도 내가 개인적으로 알고 지내는 건 두희밖에 없을 거라는."

"이상한 느낌이었겠다."

"응, 누구보다도 두희가 너무 보고 싶더라. 바로 한국으로 들어오려고 막 정신없이 짐을 쌌어."

"근데 한참을 더 있다가 왔잖아."

"응. 그랬지."

짐을 싸던 주안을 아랑곳 않고 거대한 타란툴라는 집 안을 구석구석 돌아다녔다. 주안은 그것이 시야에서 사라지기 전에 쓰레받기에 담아 밖으로 내보냈다. 선선한 바깥 공

기가 얼굴을 식혀주었을 때 문득 주안의 뇌리를 스쳐 지나
가는 것이 있었다.

"두희는 사람으로 치면 교포 2세나 다름없는 거였어."

"진짜 그런 말도 안 되는 생각을 했단 말야?"

두희의 모체가 한국으로 들어오지 않았더라면 두희도
그곳 어딘가에서 여타의 타란튤라들과 다를 바 없이 살았
을 것이다.

"수현이 네가 질색할 거 알지만, 한 번 이입이 되니까 그
다음부터는 멈출 수가 없었어."

주안에게 두희는 모진 일들을 겪어가면서도 한국에서의
생활을 꿋꿋이 이어나가는, 자신과 비슷한 상황을 겪고 있
는 생물이었다. 특히 연고가 없는 나라에서 홀로 고난과 역
경을 이겨내는 점이 비슷했다.

"옛날에 네가 두희 다리가 두 개나 잘렸는데 회복됐다는
얘기를 해준 적 있었잖아. 탈피를 세 번이나 거쳐서 복구했
다고. 그 얘기를 떠올리면 힘이 나더라고."

나로서는 다소 황당한 이야기였지만 주안은 진심이었다.

"두희는 모르겠지만, 두희가 아니었으면 중간에 포기하
고 돌아왔을 거야."

내게도 가끔 두희의 아무 의미 없는 행동들이 나를 위로

하는 것처럼 보이는 순간들이 있었다. 두희의 존재만으로도 마음이 듬뿍해지는 순간도 있었다. 불가능하겠지만 가능하다면 나 또한 두희에게 가끔씩이라도 소중한 존재이길 바라기도 했다.

"두희한테 주려던 건 뭐야?"

"두희한테 주려던 건 내 이입의 결과물이야. 고맙고, 미안해서."

주안은 매끄럽게 잘 다듬어진 작은 자수정을 하나 꺼냈다. 두희의 모체가 살았던 나라에서 발견되는 흔한 광물이었다. 주안은 두희의 입장에서 선물을 고르려고 했지만 쉽지 않았다고 말했다.

"내가 사람이라서 그런지 이런 선물밖에 생각이 안 났어."

자신의 모체가 살았던, 두희는 평생 밟아볼 기회가 없는 땅에서 나오는 원석. 두희가 사람이었다면 주안의 선물을 받고 감동했을지도 몰랐다. 어쩌면 자신의 기원을 조금이나마 손에 쥐고 있는 듯한 느낌이었을지도 모르겠다. 둥글고 단단한 자수정을 쥐고 나는 왠지 모르게 두희의 기원을 손에 넣은 듯한 기분을 느꼈으니까.

"나도 사람이라서 그런가, 되게 좋은 선물 같아."

"그렇지?"

나와 주안에게만 통용되는 마음이라는 것을 알았지만 나는 계속해서 자수정을 만지작거렸다. 자수정은 이따금씩 반지와 부딪혀 달그락 소리를 냈다.

"네가 뭐라고 할 줄 알았는데 다행이다. 하지만 아무 소용없더라도 두희한테 전해주고 싶었어."

주안은 두희가 어디에 있는지 알고 싶어했다. 나는 고개를 저었다.

"그럼 폐기물로 처리한 거야?"

주안이 믿을 수 없다는 듯 내게 물었다. 현행법상 반려동물의 사체는 폐기물로 분류되었다. 동물병원에서 목숨을 거두는 경우에는 의료봉투에, 집에서 죽음을 맞이하는 경우에는 종량제 쓰레기봉투에 담아 버리는 것이 기본 원칙이었다. 그러나 동물보호법에 따라 보호자가 원할 경우 동물장묘시설을 통해 반려동물의 사체를 화장하고 장례를 치를 수 있었다.

"원래는, 두희 같은 소동물은 유골이 화기에 소실될 수 있다고 해서 화분에 묻어주려고 했어. 수목장처럼."

"요즘엔 기술이 발전해서 소실되는 경우는 거의 없다던데."

"그래도 모르지. 또 걱정되기도 하니까."

두희가 죽으면 어떡해야 할지 나름대로 고민을 이어오던 나는 두희가 죽은 후에도 곁에 두고 지낼 수 있는 방법을 강구했다. 하지만 고민이 깊어질수록 두희와 나의 관계가 무척이나 일방적이라는 생각이 들었다. 두희와 내가 쌍방 교감이 가능한 관계였다면 다른 선택을 했을지 몰랐다. 하지만 두희는 나에게 곁을 내줄 이유가 조금도 없었다. 두희가 나를 축하하는 것 같았던 행동들도, 나를 위로해주고 나의 슬픔에 공감해주는 것 같았던 움직임도 사실은 모두 나의 일방적인 교감일 뿐이었다. 나는 주안에게 두희의 사체를 산 속에 두고 온 날의 이야기를 모조리 털어났다.

"두희가 내 손에서 완전히 벗어나게 해줘야 한다고 생각했어. 두희는 내 슬픔을 책임질 이유가 없잖아."

"반려동물 사체를 산에 묻거나 버리면 징역을 살거나 벌금을 내야 한다고 하지 않았어?"

주안은 언젠가 내가 했던 얘기를 기억하고 있었다.

"그 정도 각오는 돼 있었던 것 같아."

"많이 울었겠네."

주안에게는 지금의 나와 예전의 내가 겹쳐 보이는 듯했다.

"아냐. 한 번도 안 울었어."

두희가 죽은 뒤로 내가 한 번도 울지 않았다는 것에 주안은 약간 놀란 듯했다.

"산에 다시 가도 두희를 어디에 두고 왔는지는 찾을 수 없을 거야."

"그렇겠네."

나는 주안에게 반지에 대한 얘기도 빠짐없이 했다.

"그렇구나. 어쩐지 네가 반지를 끼고 있어서 신기하다고 생각했어. 악세사리 불편해 했었으니까."

"이제 끼고 있는 것 같지도 않아. 한 몸 같다니까."

나는 손가락을 흔들어 보였다. 주안은 가만히 고개를 끄덕였다. 주안은 내가 오랫동안 그리워했던 사람 같기도 했고, 영 모르는 사람 같기도 했다.

"뭐 물어봐도 돼?"

"뭔데?"

"옛날에 네가 반지의 안과 밖 중에서 뭐가 더 본질에 가까운 거 같으냐고 물어본 적 있었잖아. 그때 네가 뭐라고 답했어? 아무리 생각해도 기억이 나지 않아서."

내 물음에 주안은 짐짓 당황한 듯했다.

"내가 그런 질문을 했어?"

그리고 과거의 자신을 이해할 수 없다는 듯 고개를 저었다. 주안은 잠시 고민하더니 대답했다.

"우리가 사는 세상에서는 어느 한쪽도 포기할 수 없을 것 같은데. 지금의 대답은 그래. 그때 뭐라고 했는지는 기억 안 나고."

나는 주안의 대답이 너무 주안다워서, 너무 주안답지 않아서 웃었다.

"나도 궁금한 거 있어. 예전에 두희가 비바리움에서 탈출했을 때 네가 두희야, 두희야 몇 번 부르더니 찾아서 데려왔잖아. 두희가 진짜로 자기 이름을 알아들은 거야?"

"아니. 너 몰래 젖은 휴지랑 밀웜을 잘라서 트랩을 만들었지. 나는 네가 속은 척하는 건 줄 알았는데."

"이제라도 알게 돼서 속이 후련하다."

나는 주안에게 자수정을 돌려줬다. 주안은 자수정을 매만지며 보랏빛 광채를 가만히 들여다보았다.

"내가 너무 늦은 거 같아."

"아니야. 두희도 이해할 거야."

"진짜 그렇게 생각해?"

"아니. 사실 그렇진 않아."

"그래. 두희가 그런 걸 이해할 필요는 없지."

나와 주안은 식당을 나섰다. 나는 모형 앵무새와 토코투

칸 왕부리새에게 조용히 인사했다. 바깥은 거짓말처럼 맑게 개어 있었다.

"우리만 쫄딱 젖어 있네."

"그러게. 다른 데 있다가 막 도착한 사람들 같아."

"좀 억울한데."

어디에도 비가 왔던 흔적은 남아 있지 않았다. 지나가는 사람들이 주안과 내가 들고 있는 우산을 흘끗 쳐다봤다.

"다음에 또 얼굴 보자. 다 같이."

"그래. 그러자."

누가 먼저 꺼내도 이상할 게 없는 인사였다. 채 마르지 않은 신발을 신고, 나와 주안은 각자 집으로 돌아갔다.

꿈꿈

두희는 한 번도 꿈에 나타나지 않았다. 만일 두희가 꿈에 나온다면 그것은 나의 무의식일까, 두희의 영혼일까. 출근길에 언덕을 오르던 나는 잠시 자리에 멈췄다. 오늘따라 유난히 몸이 무거워서 단숨에 회사까지 갈 수는 없을 것 같았다.

"5분밖에 안 남았네요."

지나가던 직장 동료가 내게 말했다.

"5분밖에 안 남았다고? 오늘 일찍 나왔는데?"

나는 시계를 보기 위해 손목을 들었다. 그러나 안개에 싸인 듯 시야가 침침해 시간을 제대로 확인할 수 없었다.

"참, 선배. 반지 도둑맞았다면서요. 괜찮아요?"

"반지?"

나는 영문을 몰라 다시 되물었다. 그러는 사이에 동료는 빠른 걸음으로 언덕을 올라 사라졌다. 계속해서 사람들은 내게 반지의 안부를 물었고 나를 빠르게 지나쳐 갔다. 나는 반지를 잃어버린 적이 없었다. 왼손 새끼손가락을 만지면 금속성의 물질이 여전히 만져졌다. 내친김에 나는 손을 들어 반지를 확인했다. 그러나 작은 구멍을 통해 바깥을 내다보듯 시야가 흐릿했다. 사람들의 얘기처럼 내 왼손은 깨끗이 비어 있었다. 꿈이었다.

꿈이라는 것을 깨닫자마자 시야가 트였고, 갑자기 기억이 몽땅 돌아온 듯했다. 대충 뭉뚱그려져 있던 세상이 선명해졌다. 어느새 사람들은 사라진 후였다. 하지만 여전히 몸이 무거웠다. 나는 언덕을 겨우 올라갔다.

꿈속 세상은 현실보다 색감이 뚜렷했다. 정체를 알 수 없는 비정형의 도형들이 가득했다. 나는 내 무의식들을 가만히 살폈다. 내가 한 번도 상상해보지 못한 기하학적인 형태의 철봉과 연못, 길을 짚기가 어려울 정도로 얽히고설킨 도로와 보도블록, 뜬금없는 바이킹과 폭포까지. 숨을 크게 들이마시자 캐모마일 향기가 났다. 잠들기 전 내가 켜뒀던 향초의 냄새인 것 같았다.

꿈이라는 것을 계속 생각하지 않으면 다시 모든 걸 잊은 채 꿈속으로 빨려들어갈 것 같았다. 멀지 않은 곳에서 발자국 소리가 들렸다.

"어떻게 오셨죠?"

회사 로비에서 경비원이 말했다. 그는 오래된 나무를 옮겨놓은 듯한 얼굴에 쇠붙이를 마구잡이로 이어붙인 허름한 옷을 걸치고 있었다. 나는 이곳이 꿈이라는 걸 알고 있다고 그에게 고백하고 싶었지만 내가 그렇게 말하려고 할 때마다 그의 얼굴이 묘하게 일그러졌다.

그는 내게 반지가 없어 출입이 불가능하다며 나를 데리고 출구로 향했다. 회사는 아득히 높아져 있었다. 경비원은 내게 금방이라도 무너질 것 같은 흔들다리를 건너가야 한다고 말했다. 건너편에는 집이 있었다. 나는 못할 게 없다고 생각했다. 이곳은 자각몽의 세계였고, 자각몽에서는 내가 생각한 모든 걸 할 수 있다고 알고 있었다. 나는 다리 위로 발을 올렸다.

그러나 몸은 마음처럼 움직이지 않았다. 내 발이 다리에 묶인 듯 똑바로 걸을 수도 없었다. 손과 발에 쇳덩이가 올라와 있는 것 같았다. 차라리 날아갔으면. 생각과 동시에 몸이 둥실 떠올랐다. 하지만 움직임을 내 마음대로 조종할

수 있는 건 아니었다. 내 몸은 고장난 고철 더미처럼 극단
적으로 움직이며 이곳저곳에 부딪혔다. 갑자기 나타난 전
봇대, 건물의 유리창, 까마귀. 멀지 않은 곳에서 비행기가
나를 향해 날아오고 있다는 것을 알아차렸을 때 나는 생각
했다. 이럴 거면 꿈에서 깼으면 좋겠다고.

　새벽이었다. 나는 침대에 아무렇게나 널브러져 있었다.
온몸이 뻐근했다. 퇴근 후 나는 씻지도 않고 잠든 모양이었
다. 나는 캔들워머의 스위치를 껐다. 타이머로 맞춰둔 시간
보다 10분은 일렀다.

　인터넷에서 우연히 자각몽에 대한 정보를 읽게 된 후로
나는 자각몽을 꾸는 날이 오기를 고대했다. 자각몽은 꿈속
에서 꿈인 것을 깨달은 상태를 말했다. 일단 꿈인 것을 깨
닫기만 하면 꿈을 마음대로 조종할 수 있다고 했다. 물리적
이고 신체적인 한계를 뛰어넘어 하늘을 날고, 심해를 유영
하고, 부자가 되는 일들을 마음껏 누릴 수 있다고 들었다.
나는 일생에 한 번 올까 말까한 기회를 허무하게 날린 것이
못내 아쉬웠다. 그러나 깨고 보니 꿈속에서 내 몸 하나 제
대로 가누지 못한 이유를 알 것 같았다. 몸이 천근만근이었
다. 요즘 들어 나는 부쩍 체력이 떨어졌다는 걸 느끼고 있
었다.

두희가 죽은 지 벌써 1년이 지났다. 아직도 두희의 빈자리가 집 안 곳곳에 남아 있었다. 나는 비바리움의 온도와 습도를 확인하지 않아도 되었고, 쌍별귀뚜라미와 밀웜에게 줄 채소를 썰 필요가 없었고, 은신처에서 두희가 나오길 기다렸다가 마음속으로 인사하지 않아도 됐다. 두희가 없는 집은 두희가 있을 때보다 한가하고 여유로웠다. 하지만 한편으로는 무척 고요하고 적막해서 나는 침대에 누워 멍하니 시간을 보냈다. 스스로 침대를 벗어나 움직인 게 언제였는지 까마득했다. 심장이 뛰는 것, 눈꺼풀이 사뿐히 감기는 것, 숨을 들이마실 때 갈비뼈가 오르락내리락하는 것들을 가만히 느끼다 보면 어느새 잘 시간이 훌쩍 넘어갔다.

침대는 더 깊은 곳으로 내려앉지 못하도록 나를 떠받들어주는 최소한의 바리케이드였다. 깊이를 알 수 없는 곳까지 가라앉은 나를 다시 들어올리기란 무척 어려운 일일 것임이 분명했다. 하릴없이 침대에 누워 체력이 회복되길 기다렸지만 자각몽에서조차 몸을 제대로 가누지 못할 만큼 나는 무력했다.

잠시 누워 있는 동안 나는 다시 잠 속으로 빨려들어갔다. 위로 올라가는 계단이 희미하게 펼쳐지고 나는 한 발짝 계단 위로 발을 디뎠다. 그 순간 계단은 손쓸 틈도 없이 사라졌다. 몸이 뚝 떨어지는 듯한 감각에 놀라 나는 잠에서 깼다. 떨어지지 않았다는 안도감과 함께 무엇이든 더 이상 미루면 안 된다는 생각이 불현듯 머리를 스쳤다. 나는 침대에서 몸을 일으켰다. 몽롱한 몸이 기우뚱했다. 나는 바닥에 흩어져 있는 물건들을 대강 정리하고 물걸레질을 시작했다.

직장 생활을 시작한 사회 초년생 시절에 나는 두희의 방을 마련해주기 위해 줄곧 노력했다. 원룸을 벗어나는 건 보증금과 월세가 배로 뛰는 일이었지만 나는 두희를 위해 그 정도 수고는 감수해야 한다고 여겼다. 엄마는 유난이라며 나를 나무랐고 소리는 내 결정에 딴지를 걸진 않았지만 썩 내키지 않는 듯했다. 주안은 두희에게도 혼자만의 시간이 필요할 것 같다는 반응이었고 J는 잠시 고민하는 듯하더니 두희에게 스트레스를 덜 줄 수 있는 환경인 것 같다며 나를 응원했다.

나는 두희의 방 문 앞에서 잠시 망설였다. 지난 1년간 문을 꼭 닫아두고서 없는 듯이 지냈던 방이었다. 방은 텅 비어 있었지만 문을 여는 순간 두희와의 추억이 감당하지 못할 정도로 나를 짓누를 듯해서 줄곧 문을 닫아두었다. 나는 문지방에 발끝을 걸치고 손잡이를 돌렸다. 별 것 아닌 움직임이었지만 커다란 바위를 치우려는 것처럼 느껴졌다. 문은 굳세고 무거웠다. 천천히 문을 열자 창으로 들어오는 새벽 빛이 푸르게 두희의 방을 비추고 있었다. 두희의 방 등기구는 LED 조명이 분리되어 있어 불을 켤 수 없었다. 나는 창문으로 들어오는 푸른빛에 의지해 바닥을 닦았다. 먼지가 소복했다. 몇 번 문대지 않아도 걸레가 금방 시커매졌다.

두희에게 방을 만들어주면서 내가 제일 먼저 했던 일은 LED 조명을 분리하는 것이었다. 야행성인 두희에게는 전등이 필요하지 않았다. 원룸에서 두희와 함께 지낼 때에는 두희의 비바리움을 내게서 가장 먼 구석 자리에 두고 스탠드 조명을 켜고 지냈다. 은은한 불빛은 비바리움에 닿을락 말락한 정도였지만 두희는 언제나 주춤했다. 밤에 활동하고 낮에 쉬는 두희에게 전등 불빛은 혼란을 야기하는 물건이었다. 시간이 되었는데도 밤이 오지 않는 건 야행성인 두희에게 끝없는 잠을 종용하는 일이었던 것이다.

블루프로그에 오는 손님들 중 어떤 사람들은 암막 커튼 등을 이용해 타란툴라를 깜깜한 어둠 속에 방치했다. 하지만 그것 또한 타란툴라를 위한 환경이 아니었다. 타란툴라에게 있어 어둠밖에 주어지지 않는다는 건 쉴 시간이 없다는 의미나 마찬가지였다. 모든 생물들은 낮과 밤을 주기로 생활을 영위하기 때문에 그것을 자연스럽게 누리도록 하는 것이 가장 좋은 방법이었다.

청소를 마치고 나는 샤워를 했다. 고작 물걸레질을 했을 뿐인데 온몸의 근육이 당겼다. 이대로라면 비누칠을 하고 샴푸를 하는 것조차 헉헉거리게 되는 날이 올 것만 같았다. 따뜻한 물이 내 몸을 감싸며 피로를 풀어줬다. 포물선을 그리며 내게로 떨어지는 물의 느낌이 좋았다. 충동적인 결정이었지만 나는 수영을 배우기로 마음먹었다.

수영장은 수영을 배우려는 사람들로 북적였다. 나는 어린이용 수영장에서 강사의 설명을 들었다.

"수영을 왜 배워야 하는지 아세요?"

강사의 물음에 나는 속으로 모르겠다고 대답했다.

"물속을 걸어다니는 게 힘들기 때문이에요. 먼저 물속을 걸어볼게요."

나는 강사의 지시를 따라 물속을 걸었다. 허리께밖에 오지 않는 높이였지만 물을 헤치고 나가는 건 쉽지 않았다. 두 손에 담긴 물은 힘없이 흘러내리는 것에 비해 수영장을 메운 물은 묵직했다. 지상에서처럼 움직이려는 나를 물이 잡고 늘어지는 것 같았다.

나는 차근차근 수영을 배웠다. 발차기를 가장 먼저 익히고 다음으로 호흡법, 팔 돌리기를 각각 연습했다. 강사가 시키는 대로 움직이면 나는 물살을 헤치고 레인의 양 끝을 왔다 갔다 할 수 있었다. 내 발차기에 물이 높이 튀어 오를 때마다 강사는 내 자세를 고쳐주었다.

"처음엔 계속 의식해야 해요. 발차기 쉬면 안 되고, 음파 음파, 팔 돌리면서."

킥판이 없었다면 나는 수영장 물을 반쯤은 들이켰을지도 몰랐다. 동작이 꼬일 때마다 나는 킥판을 손에 꼭 쥐고 버텼다. 겨우 동작들의 합이 맞을 때면 강사는 계속해서 내 움직임을 바로잡았고, 고개를 푹 담그라든지, 팔을 귀 옆에 붙이라든지 하는 주문을 추가했다.

"뭐가 제일 어려워요?"

"너무 많은 걸 해야 하는 거요."

"처음에 고생해야 나중에 안 힘들어요. 두 바퀴만 더 돌게요."

내가 배운 건 킥과 스트로크, 그리고 호흡법 세 가지뿐이었는데 점점 더 많은 것들을 신경써야 했다. 발차기를 할 때에는 골반에서부터 다리가 움직이도록 해야 했고, 스트로크를 할 때에는 팔꿈치를 직선으로 유지해야 했다. 호흡할 때는 고개를 움직이는 게 아니라 상체를 전부 돌려 천장

을 볼 수 있어야 했다. 나는 어린이용 수영장의 짧은 구간
을 완주하지 못하고 중간 지점에서 자꾸만 몸을 일으켰다.

"무의식적으로 자꾸 상체를 들어올리려고 하니까 그런
거예요. 나중엔 의식하지 않아도 저절로 할 수 있어요."

나는 꾸준히 의식과 무의식을 지적받았다. 그리고 전혀
예상치 못한 순간에 킥판을 빼앗겼다.

"저는 킥판이 있어야 할 것 같아요."

"아뇨. 충분히 연습했으니까 가세요."

나는 맨몸으로 물에 뛰어들었다. 움직임을 멈추면 그대로
물속으로 가라앉을 것 같은 불안감 때문에 팔과 다리를 쉬
지 않고 휘저었다. 그러다 보면 고개를 물 밖으로 내밀 타이
밍을 놓쳤다. 그동안 익혔던 모든 움직임이 허사였다. 어느
순간부터 나는 단지 필사적으로 허우적거릴 뿐이었다.

위기감이 엄습해왔다. 찰나에 주변 모든 게 뚝 끊겨 사라
졌고 세상엔 오직 헤엄치는 나만 남은 것 같았다. 내게는
물 밖으로 나가겠다는 생각뿐이었다. 그러나 있는 힘껏 발
버둥을 쳐도 스스로 물 밖으로 나갈 수 없었다. 그렇게 나
는 숨을 다했다. 더 이상 뱉어낼 것이 아무것도 남지 않았
을 때 나는 움직이기를 포기하고 그대로 가라앉았다.

툭, 수영장 바닥에 발이 닿았다. 몸을 일으키자 밝은 조

명과 구역을 나누고 있는 레인, 사람들이 일으키는 물보라, 안전요원 등이 보였다. 나는 어린이용 수영장에 서 있었다. 허리께밖에 오지 않는 물속에서 방금 전까지 살기 위해 발버둥을 쳤다는 게 우스꽝스러웠다. 그건 본능이라고밖에 말할 수 없는, 다른 단어로는 도무지 설명할 수 없는 이상한 감각이었다.

"한동안 그라인딩을 합시다."

그라인딩은 물에 몸을 맡기고 벽을 미는 힘만으로 나아가는 훈련이었다.

"몸에 힘을 빼면 물에 떠올라요. 해볼게요."

수평을 유지한 채 물에 몸을 맡기면 벽을 박차는 힘만으로도 레인의 중간 지점까지 떠내려갈 수 있었다. 나는 눈을 뜨고 똑똑히 지켜봤다. 일정한 거리를 유지한 채 지나가는 바닥의 타일들을. 나는 정해진 높이보다 높이 떠오르거나 더 아래로 가라앉지 않았다. 나를 수평으로 떠받드는 힘이 느껴졌다. 부력이었다. 부력은 수직 상태에서는 매가리가 없다가 내가 몸을 누이면 존재감을 드러냈다. 나는 딱 부력만큼 물 위로 떠올랐다.

"물을 믿고 가서야 해요. 발차기 할 때 허리에 힘주시고."

균형과 리듬. 수영을 할 때 이것은 하나의 개념이었다.

스트로크와 킥으로 리드미컬하게 물을 밀어내더라도 균형이 흐트러지면 호흡을 놓치기 일쑤였다. 스트로크와 킥, 호흡의 삼박자가 딱 떨어지면 자연스럽게 물살을 헤쳐 나갈 수 있었다. 그러나 나는 의식적인 움직임과 무의식적인 움직임이 무엇인지 구분할 수 없었다. 나는 내 팔과 다리를 움직이는 게 얼마나 복잡한 과정인지에 새삼 놀랐다. 기억은 나지 않지만 걸음마를 배우기 시작하던 때에도 나는 넘어지고 일어서기를 반복했을 것이다. 지면을 딛는 감각과 발을 떼도 균형을 유지할 수 있는 힘. 두 다리로 그것을 깨우치기까지 오랜 훈련이 필요했을 것이다. 하물며 여덟 개의 다리를 가졌던 두희는.

마무리 운동을 끝으로 수영 강습이 끝났고 나는 물 밖으로 나왔다. 나를 떠받들던 부력에서 빠져나오자 기다렸다는 듯 중력이 나를 짓눌렀다. 물을 많이 먹었기 때문이었을까. 평소보다 몸이 배로 무거웠다. 부피와 형태가 없는 무게가 나를 짓누르는 듯한 느낌이었다. 다리가 후들거렸다. 내 몸에서 물방울들이 느리게 떨어졌다. 샤워기에서 떨어지는 물방울들은 유난히 무겁고 단단했다.

두희가 떠난 뒤에도 이따금씩 나는 보이지 않는 힘이 나와 두희 사이에 여전히 존재하는 것 같다고 생각했다. 그렇지 않다면 아무런 이유 없이 두희가 불쑥 떠오르는 상황을 설명할 수 없었다. 그때마다 나는 두희의 안부가 궁금했고 안위를 걱정했다. 지난 1년 동안 나의 지인들은 두희가 좋은 곳으로 갔을 거라며 나를 위로했지만.

아마도 두희는 여덟 개의 다리로 여유롭게 걸음을 떼며 좋은 곳으로 이동했을 것이다. 어떤 벽이 길을 방해하더라도 두희는 신경쓰지 않았을 것이다. 발판에 있는 미세한 털들로 전기 자극을 만들고, 발바닥으로 섬유질을 내뿜으며 어느 곳이든 자유롭게 오를 수 있으니까. 아주 먼 길을 떠나는 동안 두희는 이따금씩 넷째 다리로 몸을 청소하며 무사히 그곳에 도착했을 것이다. 딱 한 가지 문제만 해결된다면.

"두희한테도 영혼이 있을까?"

내가 물었을 때 J는 어려운 문제인 것 같다고 대답했고, 엄마는 쓸데없는 생각이라며 나를 나무랐다. 원준은 당연히 두희에게도 영혼이 있을 거라고 말했고, 주안은 너무 슬퍼하지 말라며 나를 위로했다. 그 밖에도 살짝 미소 지으며 내 손을 잡아주는 사람, 어깨를 으쓱하곤 깊은 고민에 빠지는 사람……. 사람들은 다양한 반응을 보였지만 적어도 내 앞에서 두희에게 영혼이 없다고 못을 박는 사람은 없었다.

만일 두희에게 영혼이 없다면, 그것은 내게도 영혼이 존재하지 않는다는 말과 같았다. 두희도 생각을 하고 무언가를 감각한다. 두희에게도 좋아하는 것이 있고 싫어하는 것이 있다. 그리고 두희에게도 시간이 필요하다. 새롭게 환경에 적응할 시간, 안정을 되찾을 시간, 사냥을 준비하는 시간, 낡은 껍데기를 벗고 밖으로 나오는 시간, 몸을 말리며 연약함을 추스르는 시간이.

만약 정말로 두희에게 영혼이 없다면. 두희의 느긋하고 온순한 성격, 참을성, 호기심 등 두희를 특별하게 만들었던 모든 순간들이 나의 착각이라면. 두희의 죽음과 함께 사라지는 단순한 움직임들에 불과했다면. 그것은 내게도 영혼이 없다는 말과 다르지 않다.

나의 말과 행동들이 단순한 정신 작용에 불과한 것일까? 나의 죽음은 심장과 뇌의 활동이 멈추는 일에 지나지 않는 것일까? 육체는 그저 한 줌 재로 스러지는 것일 뿐일까? 전원이 꺼지는 것처럼 영원한 어둠 속으로 흘러 들어가는 것일까?

나는 두희가 굳이 내 꿈에 찾아와야 할 이유가 없다는 걸 알고 있었다. 나와 두희는 일방적인 교감으로 이루어진 관계였다. 가끔씩 두희가 내 마음을 알아주는 것처럼 보일 때도 있었지만, 아주 단적인 경우였다. 타란툴라는 인간과 교감할 필요가 없는 상태로 오랜 시간 진화해온 생물이었다. 게다가 두희가 가진 여덟 개의 눈은 갑작스런 움직임이나 빛의 명암 정도를 식별할 수 있을 뿐이었다. 그 눈은 형체를 구분하지 못했다. 그러니까 나는 두희에게 정체를 알 수 없는 거대한 움직임에 지나지 않았을지도 모른다는 뜻이었다.

나는 토요일 새벽마다 두희의 방에서 뜬눈으로 밤을 지샜다. 특별한 일이 없는 한 출근 걱정을 하지 않아도 되는 시간이었다. 어둠에 익숙해지면 두희의 움직임을 어렴풋하게 살필 수 있었다. 두희도 눈치챘을까. 유리벽 너머에 함께 지내는 거대한 무언가가 있다는 것을. 그 무언가는 우호적인 관계를 원하는 개체이며, 토요일 새벽마다 졸음을 참고 자신과 온전한 시간을 보내기 위해 노력하고 있다는 것을.

두희의 방에서 잠이 들 때면 나는 가끔 두희와 함께 숲을 거니는 꿈을 꿨다. 아무 말 없이 각자 길을 걸었지만 서로 속도를 맞춰 누구 하나 앞서거나 뒤처지지 않았다. 아무것도 하지 않아도 같은 방향으로 함께 걸을 수 있다는 게 그냥 좋았다. 두희가 죽은 뒤로도 나는 한 번쯤 그런 꿈을 꾸길 바랐다.

그러나 수영을 다닌 뒤로는 꿈은커녕 나는 저녁부터 깊이 곯아떨어지기 바빴다. 잠깐 눈을 감았다 뜬 것 같은데 몸이 개운하고 정신이 또렷했다. 나는 알람을 끄고 수영 가방을 챙겨 수영장으로 향했다. 드디어 나는 어린이용 수영장을 벗어나 성인용 수영장으로 단계를 옮겨갈 수 있었다. 수심이 훨씬 깊었고, 끝이 까마득했다. 물의 양이 늘어난 만큼 위력이 더욱 컸는데, 바로 옆 레인에서 턴을 하는 사람들의 물살에 몸이 기우뚱거릴 정도였다.

"자유형 한 바퀴, 다리는 가만히 있고 팔만 움직여서 다녀오는 겁니다."

나는 순서를 기다렸다. 내 앞으로 차례를 기다리는 행렬이 길게 늘어졌다. 출발한 사람이 깃발이 늘어서 있는 지점을 지날 때까지 물속으로 뛰어들지 않았다. 강사의 지시에 따라 스트로크만으로 헤엄치는 사람들은 모두 같은 자세로 비슷한 간격을 유지하며 물살을 갈랐다.

"이번에는 다리도 움직여서 자유형 다녀오시는데, 손은 주먹을 쥐고 가겠습니다."

가쁜 숨을 몰아쉬면서 나는 다시 차례를 기다렸다. 주먹을 쥐고 출발하는 사람들을 보면서 나는 순간 새삼스러운 것을 발견했다. 수영장에 있는 모두가 인간이라는 사실이었다. 물을 박차고 밀어내고 앞으로 나아가기 위해 스트로크와 킥을 반복하는 동안 모두 같은 부위의 근육을 사용했다. 마치 모두가 약속이라도 한 것처럼.

둔근의 움직임이 발끝까지 이어지며 물을 밀어냈다. 팔을 멀리 던진다는 느낌으로 물의 안과 밖을 잡고 당기면 삼각근과 이두근, 삼두근이 움직였다. 광배근은 상체와 하체의 움직임을 연결하는 역할이었다. 나는 물안경을 쓰고 만반의 준비를 했다. 앞사람이 레인의 5m 지점을 지날 무렵에 물속으로 뛰어들었다.

발끝으로 물을 밀어내는 감각과 손을 빠져나가는 부드러운 물의 감촉. 은근하지만 확실한 물의 무게. 이것은 나에게만 느껴지는 특별한 감각이 아니었다. 인간이라는 종이라면 누구나 물속에서 느낄 수 있는 감각이었다.

나는 수 세기 동안 사람들이 발전시켜왔을 영법들로 물살을 헤쳐 나갔다. 나는 알고 있다. 내가 앞서간 사람들과 같은 동작으로 같은 것을 감각하며 그들이 겪는 비슷한 난관에 봉착하고 단계적으로 성장하리란 것을. 내가 수영장에 오는 것을 그만두지 않는 이상 언젠가는 다이빙을 배우고 턴을 익히리란 것을. 이 수영장 안에서 나는 흘러가고 있었다. 레인의 안팎을 채운 사람들과 함께, 두희가 떠난 이후의 시간과 함께.

자유형이 끝나고서는 평영을 배우는 시간이 이어졌다.

강사는 평영을 배우는 사람들이 잘못 취하는 자세에 몇 가지 유형이 있다고 말했다. 상체에 너무 힘을 주거나, 팔을 겨드랑이에 붙이거나, 다리를 벌릴 때 온 힘을 다하거나, 발목을 꺾지 않는 것. 나는 발목을 꺾지 않아 추진력을 얻지 못하는 유형이었다. 나는 자연스러운 흐름에 따라 잘못된 자세를 취하고 있는 셈이었다.

생각해보면 나는 물 밖에서도 인간의 흐름을 잘 따르고 있었다. 가령, 어느 날부터인가 나는 내 입맛이 예전과 같지 않다는 걸 깨달았다. 어릴 적부터 즐겨 먹었던 아이스크림이 지나치게 달았다. 하나를 다 먹지 못하고 냉동실에 넣어 두 번에 나눠 먹게 되었다. 반면 평생 익숙해지지 않을 것 같던 채소가 맛있게 느껴져 즐겨 먹기 시작했다. 더덕이었다. 나는 더덕의 쌉쌀한 맛 속에서 깊은 향긋함을 느꼈다. 특별한 계기는 없었다. 아무 이유도 없이 저절로 어릴 적엔 이해하지 못했던 것들을 깨우쳐갔다. 마치 나도 모르는 사이에 무언가와 약속이라도 한 것처럼.

수업이 끝나고 수영모를 벗자 밴드에 눌린 자국이 이마에 선명하게 남아 있었다. 샤워를 하고 머리를 말리는 동안에도 자국은 사라지지 않았다. 얼굴에 찍힌 베개 자국이 전보다 오랜 시간 남아 있는 것처럼 수영모 자국도 회복이 더

떴다.

세월이 지남에 따라 누구도 피해 갈 수 없는 일들이 있었다. 시간은 착실하게 나를 따라붙었다. 한동안 나는 시간이 모든 것을 지배하고 있는 게 틀림없다고 생각했다. 시간이 흐르면서 계절이 바뀌고, 강산이 변했다. 17년간 이어지던 두희의 시간이 끝났을 때, 나는 시간을 거스를 수 있는 건 아무것도 없다고 생각했다. 그리고 한동안은 시간이 모든 것을 해결해준다는 말에 의지했다. 시간이 모든 걸 말끔하게 해결해주리라 믿었다. 이마에 남아 있던 수영모의 밴드 자국이 눈치채지 못한 사이 사라져 있는 것처럼.

하지만 이제 나는 망설이지 않고 말할 수 있었다. 시간이 모든 문제를 해결해주는 건 아니라고. 시간의 흐름에 따라 모든 문제가 저절로 해결되는 거라면 왜 우리는 저절로 행복해지지 않는 것일까. 시간이 내 문제를 떠안고 멀리로 흘러가는데 왜 나는 여전히 가슴이 답답한 것일까. 끊임없이 시간이 흐르는데 어째서 두희의 방바닥에 남은 패인 자국은 저절로 사라지지 않는 것일까.

두희의 물건을 하나도 남김없이 정리한 지금, 내가 가지고 있는 두희의 흔적은 장판 위에 남은 자국뿐이었다. 비바리움을 올려놓았던 선반의 귀퉁이가 몇 년간 장판을 눌렀던 흔적이었다. 장판을 교체하지 않는 이상 아무리 많은 시간이 지나가도 눌린 자국은 사라지지 않을 것이었다.

반지를 끼고 다닌 시간을 세면 두희가 죽고 얼마만큼의 시간이 흘렀는지 셀 수 있었다. 여전히 반지를 만지작거릴 때마다 이름 모를 마음들이 가슴 속에 서렸다. 하지만 언젠가 반지 속에 미뤄둔 마음들이 온데간데없이 사라진 듯하고, 반지가 두희와는 아무런 상관없는 반지의 상태로 되돌아간 것 같을 때 나는 반지를 서랍 안에 넣을 수 있을 것 같았다. 반지는 자잘한 흠집들 때문에 예전만큼 반짝이지 않았다.

늦은 새벽까지 깨어 있던 오랜 습관이 무색하게 나는 자정이 되기 전에 잠이 들었다. 하지만 우연히 새벽까지 지새우는 날이면 두희를 떠올리지 않더라도 새벽의 고요를 오랫동안 그리워했던 것 같은 기분이 들었다. 포근한 적막 속에서 나는 왠지 모를 추억에 잠겼다.

나는 두희의 방 등기구에 LED 조명을 다시 연결했다. 전등 빛이 방 안을 환히 밝히자 오래된 얼룩 같은 것들이 눈에 띄었다. 나는 궁금했다. 지구가 자전하며 태양 주위를 돌지 않았더라도, 그래서 우리에게 낮과 밤이 찾아오지 않았더라도 우리는 시간이란 걸 찾아낼 수 있었을까.

두희가 조금 더 오래 내 곁에 있어줬다면 어땠을까. 그랬더라면 두희가 떠나고 남은 허전함이 지금보다는 작은 크기였을까. 조금 더 후련하게 두희를 보내줄 수 있었을까. 풀리지 않는 의문들을 쥐고서 나는 잠이 들었다. 그리고 아주 오랜만에 꿈을 꿨다. 꿈. 꿈이라는 단어를 인지하자 갑자기 황홀하고 포근한 빛이 쏟아져내렸다. 나를 아래로 지그시 누르는 힘도, 떠받드는 힘도 없는 자유로운 세계였다. 무엇이든 할 수 있다는 자신감이 강하게 들었지만 이상하게 내게는 아무런 의지가 없었다. 나는 강한 이끌림을 따라 빛 속으로 걸어들어갔다. 빛 너머는 칠흑 같은 어둠이었다. 깜깜했지만 나는 편하게 주변을 분간할 수 있었다.

나무와 바위와 흙 알갱이 모든 것이 비정상적으로 거대한 숲이었다. 숲에 몸을 맡기면 끌림을 따라 저절로 움직였다. 목적지가 어디인지 궁금하지 않았다. 갑자기 땅이 울렸고 흙 알갱이들이 흔들렸다. 울림엔 일정한 리듬이 있었다. 나는 거대한 나뭇잎 뒤로 잠시 몸을 숨겼다. 허공에는 숲보다 거대한 무언가가 있었다. 그것은 잠시 자리를 지키다 일정한 울림으로 진동하며 사라졌다.

두희의 기억이었다. 숲을 따라 두희의 기억들이 죽 늘어섰다. 그곳에서는 날이 밝을 때 은신처에 몸을 숨겼고, 어두워지면 은신처 밖으로 나와 움직였다. 발을 떼는 순간의 움직임은 믿을 수 없을 만큼 복잡했다. 아니다. 지나치게 단순하다고 해야 할지도 모르겠다. 나는 인간으로서는 이해할 수 없는 감각에 몸을 맡겼다.

나는 바닥에서 꿈틀거리는 밀웜과 귀뚜라미의 움직임에 반응했다. 나와 크기가 비슷하거나 나보다 커다란 먹잇감은 거부감이 들었다. 비바리움의 온도가 높으면 금세 허기가 졌고, 온도가 낮으면 배 속에 오랫동안 먹은 것들이 그대로 남아 있는 듯했다. 다리가 어딘가에 끼어 내 움직임을 방해하면 나는 망설이지 않고 다리를 끊어냈다.

기억의 순서는 뒤죽박죽이었다. 나는 태어나자마자 형제와 자매들로부터 필사적으로 멀어졌다. 응애가 몸에 붙어 가려웠고, 엉덩이를 건드리는 차갑고 딱딱한 것에 놀라 후다닥 자리를 이동했다. 탈피를 하는 동안 나는 너무 연약했다. 방적돌기에서 거미줄을 뽑어 진동을 감지할 수 있도록 만들었고, 위협을 느껴 털을 뽑었다. 탈피를 완료한 직후의 내 몸은 젤리처럼 부드러웠다.

이따금씩 나를 찾아오는 무언가. 그것은 위협적이기도 하고 위협적이지 않기도 했다. 그것이 땅을 울리면 사냥감이 뚝 떨어지고, 차갑고 기다란 것이 나를 옴짝달싹 못하게 한 후 공중으로 데려갔다. 나는 좁고 어둡고 캄캄한 곳에 웅크리고 있었다.

나는 거미의 생각을 품고 지낸다. 형제자매가 죽어도 슬프지 않고 다리가 잘려도 대수롭지 않다. 잘린 다리가 회복돼도 기쁘지 않고 혼자 남아도 외롭지 않다. 나의 기원이 궁금하지 않고 모체가 그립지 않다. 두희야. 바깥에서 의미를 알 수 없는 진동이 느껴지면 나는 몸을 숨긴다. 나는 원래 그렇다.

정신을 차렸을 땐, 나는 숲속에 널브러져 있었다. 꿈이라는 것을 상기하자 몸이 가벼웠다. 나는 숲속을 자유롭게 유영했다. 수영을 배워두길 잘했다는 생각이 들었다. 나의 의식과 무의식이 어우러져 완벽하게 움직였다. 숲에서 나는 실컷 놀았다.

이제 가야지.

크기와 방향이 없는 목소리가 내 등을 부드럽게 떠밀었다. 나는 이곳에서 나가고 싶지 않았다.

조금만 더 있으면 뭔가를 알 것 같아요.

그게 뭔지도 모르면서 나는 너무 간절했다. 마치 모든 감정이 터져나오는 것처럼 나는 내가 지을 수 있는 모든 표정을 하고 있었다.

제가 이렇게 원하는 게 뭔지 알고 싶어요.

나는 어떤 강가에 서 있었다. 머리가 흩날려서 부드러운 바람이 불고 있다는 걸 알아차렸다. 수면이 반짝거려서 물이 흐르고 있다는 것을 깨달았다. 나는 물에 발을 담그려다가 금세 거뒀다. 물에 닿은 발끝이 불에 데인 듯이 뜨거웠다. 나는 강을 건너지 못한 채 강 건너만 하염없이 바라봤다.

강 건너 먼 곳에서 여덟 개의 다리로 여유롭게 움직이는 무언가가 느껴졌다. 그립고, 보고 싶고, 영원히 잊을 수 없을 것 같은 미지의 움직임이었다. 이름을 부르면 나를 돌아볼 것 같았는데 아무리 생각해도 그것의 이름이 떠오르지 않았다. 그것은 나의 무의식이었을까, 무언가의 영혼이었을까. 나는 내게서 점점 멀어지는 이름 모를 뒷모습에게 고마웠다고, 그동안 너무 고생 많았다고 인사했다.

도마뱀 산책

이따금씩 나는 내 몸이 완벽히 대칭을 이루지 않는다는 것을 깨달았다. 왼발에는 꼭 들어맞지만 오른발에는 꽉 끼는 신발을 신었을 때, 한쪽 눈에만 쌍꺼풀이 생겼을 때, 병원에서 골반을 찍은 엑스레이를 보았을 때, 그리고 왼손 새끼손가락에 끼워져 있는 반지를 오른손 새끼손가락에 옮겨 끼웠을 때. 왼손에서와는 다르게 반지는 오른손 새끼손가락의 두 번째 마디를 통과하지 못했다. 나는 억지로 반지를 끝까지 밀어넣었다. 반지로 인해 꽉 조여진 새끼손가락은 점점 붉게 변했다. 피가 통하지 않는 듯해 다시 반지를 잡아당겼지만 쉽게 빠지지 않았다. 나는 반지를 빼기 위해 안

간힘을 썼다. 그때 누군가 콧노래를 흥얼거리는 소리가 들렸다.

커다란 배낭을 메고 걸어오던 사람은 나를 보고 흠칫했다. 나 또한 이곳에 사람이 올 거라고 예상하지 못해 적잖이 놀랐다. 이곳은 동네를 가로지르는 천변에 위치한 외딴 평상이었다. 나룻배와 물레방아, 우거진 나무들 사이에 가려져 있어 바깥에서는 평상이 보이지 않았다. 설령 건너편에서 평상을 발견하더라도 천변을 통해서는 이곳까지 올 수가 없었다. 돌다리는 중간에서 끊겨 있었다. 이곳까지 올 수 있는 유일한 방법은 대로변 마트 뒤편에 있는 낮은 담을 넘고 컨테이너 사이를 지나 좁은 계단을 찾는 것이었다. J가 비밀 장소라며 내게 길을 알려준 이후로 나는 유난히 날이 좋은 날, 혼자서 그날의 기온과 바람, 햇살을 온전히 누리고 싶은 날이면 이곳을 찾았다. 몇 년간 이곳을 드나들면서 나는 다른 사람이 출입하는 것을 본 적이 없었다. 아마 그도 이곳에 사람이 있는 걸 처음 보는 것 같았다.

나는 반지에 모든 신경을 쏟는 척하며 그를 살폈다. 그는 모자를 쓰고 있었고, 길쭉한 도마뱀이 그려진 셔츠를 입고 있었다. 그는 평상에 앞에 멀뚱히 서 있었다. 그러다가 내게로 다가왔다.

"이걸 써보세요."

그가 커다란 가방에서 꺼낸 것은 바세린이었다. 나는 목
례를 하고 내민 것을 받아들었다. 잠시 눈이 마주쳤을 때
묘하게 낯이 익다는 느낌을 받았다. 하지만 그가 재빨리 몸
을 트는 바람에 제대로 확인할 수 없었다. 나는 바세린을
퉁퉁 붓기 시작한 새끼손가락에 발랐다. 조금씩 움직인다
는 느낌과 동시에 반지가 새끼손가락을 빠져나왔다. 나는
반지를 다시 왼손 새끼손가락에 끼웠다. 그곳이 반지의 유
일한 자리였다.

"감사합니다."

그는 도마뱀 그림이 보이지 않을 정도로 몸을 튼 채 고개
만을 돌려 내 인사를 받았다. 그의 모자에는 San-Check이
라는 글자가 수놓아져 있었다.

"혹시 블루프로그 멤버 아닌가요?"

"네?"

나는 어떻게 대답해야 할지 고민했다. 블루프로그에서
아르바이트를 한 적은 있었지만 그만둔 지 벌써 10여 년이
지났다. 내가 그만둔 후로 J는 다른 아르바이트생을 뽑지
않고 홀로 블루프로그를 운영했다.

"맞네. 학교는 졸업했어요?"

그는 불과 몇 달 전에 만났던 사람처럼 나를 대했다.

"졸업했죠. 엄청 옛날이요."

"괜히 걱정했네요."

그는 틀었던 몸을 돌려 나를 바로 보며 정면으로 앉았다. 도마뱀 그림처럼 보였던 것은 그림이 아니라 진짜 블랙러프넥 모니터 도마뱀이었다. 도마뱀은 혀를 낼름거리며 가만히 그의 옷 위에 붙어 있었다. 그는 살며시 도마뱀을 몸에서 떼어 평상 위에 올려 뒀다.

"얘는 칭이에요. 이름이?"

"저는 이수현이에요."

"아, 맞아요. 그런 이름이었죠. 저는 칸이라고 불러주세요."

"안녕하세요. 칸."

칸이라는 이름을 듣고 나서야 나는 그가 두 번째 블루프로그의 주인인 K의 오랜 친구라는 사실을 기억해낼 수 있었다. 칸은 J의 블루프로그에도 종종 놀러 오곤 했다. 그는 언제나 나무위성 타란툴라들에게만 관심을 보였다. 당시 블루프로그에 있는 나무위성 타란툴라는 거의 대부분 칸에게로 갔다. 블루프로그 멤버들과 회식을 하게 될 때면 K는 술에 취해 칸에 대한 이야기를 들려주었다. 그중 칸의 집에 대한 이야기는 빠지지 않는 단골 메뉴였다.

K에 따르면 칸의 집은 정글과 다름없었다. 칸의 집에는
TV, 액자, 화분 같은 것은 아무것도 없었다. 대신 온갖 파충
류와 양서류, 어류, 절지류들이 거실을 가득 메웠다. 그곳
은 구조화된 정글이며 살아 있는 박물관 같았다고 K는 말
했다. 밤이면 칸은 자줏빛 조명을 켜고 거실 한가운데 서서
가만히 그들을 바라보았다. 자줏빛으로 물든 칸의 얼굴은
수천 년 전의 인간을 재현한 것 같았다며 K는 혀가 꼬부라
진 소리로 반복해서 말했다. K의 이야기 때문이었는지 나
는 칸이 J의 블루프로그에 올 때마다 짐짓 긴장했었다. 하
지만 아주 오랜만에 우연히 만난 칸은 붙임성이 좋고 수다
스러운 사람일 뿐이었다.

"저희는 산책 파트너랍니다. 모자에도 보이죠? San-
Check"

칸은 손가락으로 모자에 쓰인 문구를 슥 훑었다. 모자는
칸이 직접 제작한 것으로 칭과 산책을 나올 때마다 착용하
는 것이었다.

"칭이 산책을 좋아하나 봐요."

"네. 칭의 원래 이름은 팡도르였는데 저와 산책 파트너가
되면서부터 칭으로 바뀐 거예요. 칭과 저의 산책 시간은 일

명 칭기즈칸이랍니다."

칸은 칭이 도마뱀 계의 칭기즈칸과 같다며 웃었다.

"수현 씨도 이렇게 넓은 영역을 돌아다닐 수 있는 도마뱀
은 처음이죠?"

블랙러프넥 모니터가 산책을 할 수 있다는 얘기는 들어
보지 못했다. 유독 온순하고 사람한테 잘 적응하는 편이라
는 것만 알고 있었다. 칭은 평상 위를 느긋하게 걸어다니다
기둥을 오르기 시작했다. 블랙러프넥 모니터는 나무 위에
서 생활하는 종이었으므로 어쩌면 칭이 기둥을 오르는 건
필연적인 일이었다. 칸은 칭이 기둥을 오르도록 가만히 두
었다.

"괜찮은가요?"

"네, 걱정 마세요. 칭은 부르면 돌아오니까요. 여기는 저
희의 단골 코스거든요."

칸은 칭이 비바리움을 답답해할 때마다 데리고 나와 산책
을 하고 있다고 말했다. 칭은 산책이 가고 싶으면 유리 벽을
박박 긁는다고 했다. 칸이 비바리움에서 칭을 꺼내면 칭은
날카로운 발톱으로 칸을 꽉 그러쥐었다. 그 말을 하며 칸은
자신의 팔에 난 상처들을 보여주었다. 작은 상처들이 곳곳
에서 발견됐다. 칸이 바세린을 가지고 다니는 이유였다.

"이런 곳에는 바세린을 바르면 돼요."

마침 생각이 났다는 듯 칸은 바세린 뚜껑을 열어 상처 곳곳에 듬뿍 발랐다. 나는 칸의 이야기를 들으면서도 칭에게서 눈을 떼지 못했다. 칭은 기둥의 3분의 1 지점에 가만히 매달려 있었다.

"수현 씨는 여기 어떻게 알고 온 거예요? 아, 블루프로그 녀석들이 데리고 왔죠? 여기는 제가 블루프로그 녀석들한테만 소개해준 곳이거든요. 맞네. 수현 씨도 블루프로그 멤버니까 상관없겠네요."

칸은 내게 질문을 했다가 금세 스스로 답을 내리는 식으로 말을 이어갔다. 칸의 어조는 가락을 길게 뽑는 것처럼 낄 틈이 없었지만 묘하게 사람의 마음을 편하게 해주는 면이 있었다.

"여기 참 좋죠? 조용하고, 예쁘고. 저기 건너편에는 무슨 비둘기도 그렇게 많고 개도 많은지. 칭이랑 한 번 갔었는데 개들이 칭한테 너무 관심을 보여서 아주 혼났네요. 아, 물론 그때는 칭이 이동용 케이지 안에 있었죠."

칸의 말대로 건너편 산책로에는 언제나 사람들이 많이 다녔다. 사람뿐 아니라 개도 많았고, 비둘기도 있었다. 왜가리와 청둥오리도 천변에 살고 있었다. 평상 위에서 풍경을 바라보고 있으면 마음이 편안했다. 개를 피해 날아가는 비둘기 떼조차 평화로워 보였다.

"제가 신기한 걸 보여줄게요."

칸은 말이 끝나기 무섭게 칭을 불렀고, 주먹을 쥔 손으로 평상을 똑똑 두드렸다. 기둥의 절반가량을 오르던 칭은 그 소리에 부리나케 칸에게 돌아왔다. 나는 입을 다물지 못했다. 칸의 얼굴은 간단한 주문을 외운 마법사처럼 태연했다.

"이게, 어떻게 가능하죠?"

"그건 영업 비밀이랍니다."

"칭이 칸의 말을 알아들어요?"

말도 안 되는 질문이었다. 하지만 칭은 칸의 손을 졸졸 따라다녔다. 몸을 부비며 애교를 부리기까지 했다.

"그렇죠. 오랜 노력 끝에 칭은 간단한 심부름 정도는 할 수 있게 됐죠."

나도 두희에게 간단한 심부름을 가르치고 싶었던 때가 있었다. 몸이 열로 펄펄 끓어 손가락 하나 까닥할 수 없던 어느 새벽이었다. 나는 두희가 해열제를 꺼내 등에 지고 내 앞으로 와주는 상상을 하며 자다 깨다를 반복했다. 완전히 정신을 차렸을 땐 늦은 밤이었다. 이불이 땀에 젖어 축축했다. 두희는 속도 모르고 비바리움 안을 돌아다녔다.

칭은 정말로 칸을 위해 무언가를 할 수 있을까? 분명 믿을 수 없는 얘기였지만 칭의 행동을 보면 꼭 불가능한 이야기는 아닌 것 같았다. 어쩌면 칸은 오랜 세월 반려동물과 생활하면서 훈련 방법을 터득했을지 몰랐다. 자주색 조명을 켜는 것도, 팔짱을 끼고 가만히 서서 오래도록 그들을 들여다보는 것도 훈련의 일종이었을지도. 칸은 내 표정을 살피고 고개를 갸웃했다.

"블루프로그 멤버가 제 말을 믿은 건 아니죠? 농담이니까요."

칸의 손바닥 안에는 소고기 조각이 있었다. 칭은 소고기를 얼른 집어삼켰다.

"깜박 속았어요. 너무 능청스러워서요."

칭은 할 일을 모두 마쳤다는 듯 다시 기둥 쪽으로 향했다. 칭은 서두르는 모습 없이 아주 여유롭고 느리게 움직였다. 용을 닮은 옆얼굴과 길고 유려한 곡선의 몸을 하고 네 발로 기어다녔다.

"수현 씨는 어떤 동물이랑 같이 사나요?"

"지금은 혼자예요."

"어떤 동물이랑 살았었는지 제가 맞춰볼게요."

칸은 내 눈동자 어딘가에서 두희를 찾아내기라도 하려

는 듯 나를 뚫어져라 쳐다보았다.

 "일단 개나 고양이는 아니네요. 반려동물의 이름이 뭐
죠?"

 "두희요."

 내가 J의 블루프로그에서 일했다는 것을 알고 있으면서
도 칸은 섣불리 두희를 절지동물이라고 단정 짓지 않았다.

 "기니피그도 아니네요."

 나는 칸의 말에 대꾸하거나 고개를 끄덕이지 않았다. 그
저 가만히 칸이 답을 내리기만을 기다렸다. 칸이 굳이 설명
하지 않아도 그것이 게임의 규칙이라는 것을 알 수 있었다.
그사이 구관조와 라쿤, 이구아나가 후보에서 배제됐다. 칸
은 여전히 내 눈동자에서 눈을 떼지 않으면서 동물들을 하
나씩 소거해갔다. 그렇게 하다 보면 세상에 모든 동물들이
사라지고 오직 나와 두희만이 남을 거라는 듯이.

 "두희는 절지류고 배회성이라는 건 알겠는데 그 이상은
모르겠네요."

 "거기까지는 다 맞아요."

 나는 칸에게 정답을 알려주려고 숨을 들이마셨다. 그러
자 칸이 급하게 말을 막았다.

 "아뇨, 아뇨. 아직 두희의 정체를 알려주지 말아요. 조만

간 알게 될 거 같으니까요."

어느새 칭은 기둥의 절반을 넘어 위로 올라가고 있었다. 칸은 자리에서 벌떡 일어나 칭에게 손을 내밀었다. 무슨 일인지 칭은 칸에게 관심을 두지 않고 계속 기둥을 올랐다.

"수현 씨, 먹을 거 하나만 꺼내줄래요? 칭이 먹을 거요."

나는 잘게 조각 난 소고기 하나를 칸에게 건넸다. 칸은 소고기를 손바닥 위에 두고 칭 앞에 펼쳐 보였다. 칭은 오르기를 멈추고 기둥에 가만히 붙어 있었다. 그리고 천천히 몸을 돌려 칸의 손바닥 위에 발을 얹었다. 칸은 소고기를 자신의 손목으로, 아래팔로 옮겨 가며 칭을 유인했다. 칭이 완전히 자신의 팔 위로 올라오자 칸은 안심한 듯 자리로 돌아왔다.

"잠시만 칭 좀 봐주세요. 다시 기둥으로 못 가게요. 제가 다 됐다고 할 때까지 저한테도 못 오게 해주세요. 소고기, 똑똑, 알죠?"

칸은 내게 칭을 맡기고 가방에서 무언가를 주섬주섬 꺼냈다. 바가지와 보온병, 물병, 그리고 이동용 통이었다. 칭은 바구니를 보자마자 그쪽으로 이동했다. 나는 소고기 조각을 쥐고 바닥을 똑똑 두드렸다. 칭은 몸을 돌려 내 손으로 다가왔다.

"시간을 좀 더 끌어주세요."

칸은 세숫대야 안에 뜨거운 물과 차가운 물을 담았다. 나는 칭 주변으로 손을 옮겨 가면서 바닥을 두드렸다. 칭은 내 손을 졸졸 따라왔다. 칸은 온도계로 물의 온도를 재더니 손가락으로 오케이 사인을 만들었다. 나는 칭에게 손바닥을 펼쳐 보였다. 칭은 소고기를 단숨에 삼켰다. 칸은 칭을 부드럽게 들어올려 세숫대야 안에 넣었다. 얕은 물 위에서 칭은 기분 좋은 듯 가만히 눈을 감았다.

"블랙러프넥은 온욕을 진짜 좋아하네요."

"네, 그리고 칭은 밖에서 하는 걸 훨씬 더 좋아해요. 그나저나 궁금하진 않으세요? 왜 제가 갑자기 일어나 칭을 데리고 온 건지. 사실은, 저기가 경계거든요."

"무슨 경계요?"

"저기를 넘어가면 칭은 저를 잊어버립니다. 저기는 칭이 자연으로 돌아가는 경계인 셈이죠."

칸은 기둥의 위쪽 부분을 가리켰다. 칸의 말에 따르면 기둥의 3분의 2 지점을 넘어가는 순간부터 칭은 뒤도 돌아보지 않았다. 함께 세 번째 산책을 나왔을 때, 칭은 어느새 기둥 위쪽 나뭇잎이 우거진 곳으로 사라지고 없었다. 칸은 한참을 헤맨 끝에 겨우 칭을 찾아 집으로 돌아갈 수 있었다.

"아무리 사람 손을 탔다고 해도 소용없어요. 까딱하면 자연으로 돌아가는 게 칭의 본능인 거죠. 우리는 경계를 두고 아슬아슬하게 함께하고 있는 겁니다."

가슴께까지 오는 높이가 칭과 칸이 함께할 수 있는 경계였다. 칭을 올려두었던 칸의 아래팔에는 칭의 발톱 모양을 따라 조금씩 핏방울이 맺혔다. 나무 위에서 사는 교목성인 칭의 발톱이 유독 날카로웠기 때문이었다. 칸은 대수롭지 않다는 듯 상처마다 바세린을 듬뿍 발랐다. 세숫대야 안에서 칭은 물을 헤엄치듯 걷다가 다시 잠들기를 반복했다.

칭은 두희와 닮은 구석이 전혀 없었다. 이따금씩 나를 바로 응시하는 눈동자도, 온몸을 감싼 비늘도, 온욕을 즐기는 취미도, 나무를 오르는 습성도. 무엇보다도 손을 뻗으면 닿을 거리에 칭이 있다는 것이 도무지 익숙해지지 않았다. 하지만 그럼에도 나는 두희를 떠올렸다. 두희를 자세히 보기 위해 얼굴을 가까이 하면 금세 김이 서리던 유리 벽에 대해서도.

비바리움을 둘러싼 네 면의 유리는 나와 두희를 이어주는 매개면서 일정한 거리를 유지하도록 도와주는 최소한의 경계였다. 벽면에 김이 서리면 나는 두희에게서 약간 물러섰다. 콧구멍에서 빠져나온 두 갈래의 숨이 서로 다른 속도로 사라졌다. 그럴 때마다 나는 단지 바깥에 서 있는 사람이라는 것을 깨달았다. 두희의 세계는 비바리움 안쪽에서 적당한 온도와 습도로 유지되고 있었다.

은신처로 들어간 두희는 한동안 모습을 드러내지 않았다. 두희는 세상에서 가장 깊숙한 곳으로 들어간 듯했다. 두희, 두희가 몸을 숨긴 은신처, 은신처를 놓아둔 비바리움, 비바리움 바깥에서 그것들을 지켜보는 나. 두희의 방을 빠져나오면 나는 또 다른 바깥으로 나온 셈이었다. 더 이상 문을 열고 나갈 곳이 없는 완전한 바깥에서 나는 두희를 생각하곤 했다. 가령, 블랙러프넥 모니터가 온욕을 즐기고 있는, 선선한 바람이 불어오는 평상 위에서도.

이제 두희는 모든 경계를 넘어 자연으로 돌아갔다. 그리고 나를 완전히 잊어버렸겠지만, 그 사실이 나를 슬프게 만들진 않았다. 밤하늘의 별들이 반짝이면, 흐르는 물소리를 듣고 있으면, 노을이 유난히 붉게 지는 날이면 두희는 내 마음 깊은 곳에 떠올랐다. 내부와 외부의 경계를 자연스럽게 무너뜨리면서.

"칭이 어때 보이나요?"

칸이 질문했다. 나는 대답하지 않고 가만히 있었다. 굳이 내가 대답하지 않더라도 칸이 무리 없이 대화를 이어가리

라는 것을 알았다. 그러나 칸은 나를 보며 눈을 끔벅일 뿐
이었다.

"저한테 물어본 건가요?"

"네, 그렇죠."

칭은 얕은 물을 첨벙첨벙 열심히 돌아다녔다.

"좋아 보이는데요."

"수현 씨는 두희를 훈련시켜보려 한 적 있었나요? 저는
그 방법을 찾으려 꽤 많은 시간을 바쳤습니다."

칸은 블루프로그의 동물들을 훈련시키기 위해 오랜 시
간 공을 들였다고 말했다. 먼저 그들에게 깊은 인상을 심어
주고자 밤이면 자줏빛 조명을 켜고 그 아래에 서 있었다.

"제가 또 붉은색 계열이 잘 받거든요."

나는 예전에 K로부터 들었던 이야기를 떠올렸다. 자줏
빛 조명 아래 있는 칸의 얼굴은 붉은색으로 얼룩덜룩해 거
의 호러에 가깝다는 얘기였다.

"성공했을 거 같나요?"

칸은 의미심장한 미소를 지었다. 내가 대답을 망설이는
사이에 칸은 어떤 금붕어들에 관한 이야기를 들려주었다.
칸은 중국을 여행하던 중 그 금붕어들을 보았다. 몸이 온통
주황빛인 부채꼬리금붕어 세 마리와 온몸이 검은 두 마리

의 검은툭눈금붕어였다. 사람들이 앞에 모여 그들을 흥미롭게 지켜보는 게 이상하게 여겨질 정도로 어디서든 흔히 볼 수 있는 종류였다. 칸은 박수 갈채를 쏟아내기 시작한 사람들 사이를 비집고 들어갔다.

"금붕어들 앞에 한 사람이 서 있었습니다."

그는 망토를 두르고 서서 금붕어들이 담긴 수조 위로 강시처럼 두 팔을 뻗었다. 그리고 두 손이 바람에 부드럽게 흔들리는 것처럼 오른쪽에서 왼쪽으로, 또 왼쪽에서 오른쪽으로 천천히 움직였다. 금붕어들은 그의 손길을 따라 수조의 끝에서 끝으로 행렬했다.

"이상하죠? 그가 손을 이렇게 하면 금붕어들이 이렇게, 저렇게 하면 저렇게 움직이는 게요."

칸은 요술이라도 부리려는 것처럼 두 팔을 움직여 원을 그렸다. 그 아래에서 칭은 칸의 손동작과 상관없이 제멋대로 세숫대야를 돌아다녔다. 그럼에도 나는 칸의 손 아래에서 금붕어들이 교차하고, 멀어지고, 다시 뒤섞이는 듯한 착각이 들었다. 칸의 웃음기 없는 표정 때문인지, 끊길 듯하면서도 길게 이어지는 어조 때문인지 모르겠지만 칸에게는 이상한 힘이 있었다. 시간과 공간을 무시한 채 나는 칸의 이야기를 따라 움직이는 주인공이 된 것 같았다.

"중국에서 돌아오자마자 저는 곧바로 블루프로그로 향했습니다."

칸의 이야기 속에서 나는 블루프로그의 계단을 힘차게 내려간다. K는 내 얘기를 듣고도 별다른 반응이 없다. S는 금붕어가 보호자의 손짓에 반응했다는 게 미덥지 않다는 눈치다. 혈앵무 같은 물고기는 지능이 높아 보호자를 따르기도 하지만 금붕어는 불가능하다고 말한다. S는 자꾸 혈앵무를 예시로 든다. 오랫동안 집을 비우고 돌아오면 보호자를 나무라듯 물을 튀기기도 하는 똑똑한 물고기다. 하지만 금붕어의 경우에는 지능이 낮아 보호자를 알아보지도 못한다. S는 트릭이 있었을 거라고 단언한다. 내가 아무런 장치가 없는 것을 확인했다고 말했지만 S와 K는 어림없다는 반응이다.

그날 나는 금붕어 두 마리를 데려온다. 검은툭눈금붕어는 순미라고 이름 붙였고 부채꼬리금붕어는 순렬이라고 부른다. 하지만 순미와 순렬이는 먹이를 톡톡 뿌리려는 순간에는 득달같이 달려오면서도 끝내 나를 보호자로 인식하진 못한다. 그사이 나는 중국에서 금붕어를 부리던 그의 소식을 듣는다. 그는 인터넷 매체를 통해 금붕어 몸에 쇠붙이를 달아 자석으로 조종했다고 고백한다.

"그게 벌써 십오 년도 훌쩍 넘은 얘기네요. 이십 년 좀 안 됐나?"

칸이 말했다.

"뭐가요?"

"그 사람을 봤던 게요."

칸은 내 이해를 도우려는 듯 두 손으로 원을 그렸다. 그건 J가 블루프로그에 합류하기 직전의 이야기였다. 칸의 설명이 없었다면 나는 이야기 속의 모든 일들이 불과 지난 한 달 사이에 벌어진 일이라고 여겼을 것 같았다. 당시에는 S와 K가 블루프로그의 전신인 세렝게티를 운영하고 있었다.

"아마추어적인 가게였죠. 온갖 것들이 뒤섞여 창고랑 비슷했어요."

칸과 대화를 나누다 보면 과거가 수면 위로 올라와 현재의 어딘가에서 다시 재현되고 있는 듯한 느낌이 들었다. 나는 S와 K가 아직도 세렝게티에서 크고 작은 물건들과 함께 지내고 있는 것 같았다. 그리고 J는 등장할 순서를 기다리는 미지의 인물이었다.

"제 좌우명이 뭔 줄 아십니까? 하면 된다예요."

칸은 순미와 순렬을 시작으로 여러 동물들을 집으로 데리고 왔다. 훈련하는 게 가능하지 않다고 여겨졌던 동물들이 대부분이었다. 칸은 언제나 같은 시간에 팔짱을 끼고 동물들이 자신을 가장 잘 볼 수 있는 곳에 서 있었다. 동물들은 칸에게 관심을 가지는 것 같지 않았지만 칸은 끈질기게 그 생활을 이어왔다. 그동안 많은 동물들이 칸의 집을 거쳐 갔다.

"어느 순간 알았어요. 블루프로그의 동물들은 그냥 그럴 필요가 없는 거예요."

"뭘요?"

"지능이 높아서 보호자를 알아보고 지능이 낮아서 못 알아보는 문제가 아니었다는 거죠. 그냥 그렇게 진화한 거였어요. 수현 씨 나무늘보 아시죠?"

"알죠."

"게으르고 느린 나무늘보가 왜 이제까지 멸종되지 않고 있는지도 아세요?"

칸의 물음에 나는 궁금해졌다. 터무니없이 느긋한 나무늘보가 멸종하지 않았던 이유는 무엇일까? 생각의 생각을 거듭할수록 부지런함이란 생존의 기본적인 요소인 것 같았다. 살아남기 위해서는 무엇이든 부단히 노력해야 하니까. 더욱이 야생에서라면 동물들은 누구보다 먼저 위험을 눈치채고 재빨리 벗어나야 했다. 그렇게 따지니 나무늘보가 멸종되지 않은 건 기적과 다름없는 듯했다.

"나무늘보는 너무 안 움직여서 털 속에서 식물이 자라기도 해요. 털이 초록빛으로 변해서, 그래서 살아남은 거예요. 천적들이 나무에 매달린 나무늘보를 찾지 못해서요."

칸은 모든 동물들이 자신에게 주어진 환경에서 살아남을 수 있도록 진화했을 뿐이라고 말했다.

"90도가 넘는 온천에 사는 미생물들이 있어요. 저는 거기 발도 못 담그죠. 바로 익어버릴 테니까. 그냥 그 정도의 차이가 아닐까 해요."

자줏빛 조명 아래서 동물들의 시선을 한 몸에 받고 있으면 그들에게서 기묘한 초대를 받은 것 같았다고 했다. 칸은 나테레리 게코, 바이퍼 게코, 데저트 헤어리를 따라 사막으로, 골덴니, 킹바분, 블루텅 스킨크를 따라 땅속으로, 그린트리파이톤, 볼파이톤, 골리앗 버드이터를 따라 나무 위로 갔다.

"근데요, 저는 그렇게 못 살아요."

칸은 한 번도 스스로를 그들보다 더 나은 생물이라고 생각해본 적 없었다. 특히 순미와 순렬처럼 물속에서 생활하는 생물들에게 초대를 받을 때면 칸은 금방 숨이 막혔다.

"그들이랑 같은 환경에서 살아야 한다면 인간종은 바로

멸종하고 말 거예요."

"얘기를 듣는 것만으로도 저도 멸종 위기인 것 같아요."

"그러니까, 대단하죠. 모든 생물들이요."

칭이 세숫대야 안에서 발버둥쳤다. 칸은 가방 속에서 이동장을 꺼냈다. 이동장 속에 먹이를 넣어두고 칭을 세숫대야에서 꺼냈다. 목을 긁어주자 칭은 칸의 손에 몸을 부볐다. 칸이 이동장을 똑똑 두드리자 칭은 자연스럽게 이동장으로 들어가 먹이를 먹었다.

"성공한 거죠? 칭 말이에요."

나는 칸의 오랜 노력이 결실을 맺었고 그게 칭이라고 생각했다. 칸은 먹이를 먹는 칭을 가만히 내려다봤다.

"글쎄요. 함께 밖으로 나와야 할 때면 칭을 쫄쫄 굶겨서 데려와요. 그래야 먹이를 따르거든요. 성공한 건 없어요."

그럼에도 칸은 이따금씩 칭을 데리고 산책을 나왔다. 칭이 비바리움 벽면에 머리를 박고 발톱으로 벽을 박박 긁기 시작하면. K는 언제나 칭을 데리고 집밖을 나서면 안 된다고 칸을 나무랐다.

"저도 아는데, 이렇게 해야 칭이 한동안 잠잠해져요. 제가 본질적인 문제를 해결하지 못하는 거죠. 조명 아래서 저를 알리는 것도 그만뒀어요. 벌써 몇 년은 된 것 같네요."

칸은 이동장 문을 닫았다. 그리고 세숫대야의 물을 풀밭에 쏟은 후 물기를 대충 닦아 다시 가방 속으로 집어넣었다.

"아, 참. 블루프로그 매장을 하나로 합친다는 얘기 알아요? 지하 벙커처럼 만든다고 하던데요."

"땅을 파서요?"

"그런 아이디어도 있긴 했는데."

나는 칸의 얘기가 적어도 7년은 지난 얘기라는 걸 알고 있었다. J가 S와 K를 못 말리겠다며 내게 말해준 적이 있었기 때문이었다. 한동안 J는 블루프로그를 합치는 문제로 골머리를 앓았지만 몇 주 지나지 않아 계획은 무산되었다. 아마도 칸은 그때의 이야기를 하고 있는 것 같았다.

"아니에요. 그래서 슬슬 정리하고 있잖아요."

칸은 J의 블루프로그가 가장 먼저 짐들을 정리하고 있다고 일러주었다. 타란툴라 개체 수를 줄이고 있다고. 나는 3년 전쯤 J가 체력적인 문제로 타란툴라의 개체 수를 줄이고 있었던 것을 기억했다. J가 통원 치료를 받는 동안 S와 K, 그리고 내가 돌아가며 J의 블루프로그의 타란툴라들을 관리해주었다.

내가 믿지 않는다는 것을 눈치챈 칸은 내게 블루프로그로 함께 가자고 제안했다. 가서 직접 확인하자며 칸은 커다란 가방을 어깨에 메고 이동장을 들었다.

"일단 청을 데려다주고 올게요. 가방도 내려놓고."

칸의 집은 마트 바로 옆에 위치한 빌라였다. 나는 마트 앞에서 칸이 다시 내려오기를 기다렸다. 칸은 정말 순식간에 다시 나타났다. 나는 다른 것보다 무척 오랜만에 블루프로그에 간다는 사실에 기분이 들떴다. S와 K와 J의 블루프로그를 차례로 들러 이사에 관한 이야기를 물으면 가지각색의 반응이 나올 것이었다. 블루프로그에 거의 다 왔을 무렵 칸이 말했다.

"수현 씨, 이제 두희의 정체를 맞출 수 있을 것 같네요. 두희는 타란투라 로즈헤어 아닙니까?"

칸의 눈빛이 반짝였다.

"아니에요."

"그럴 줄 알았습니다. 사실 저는 한 번도 이걸 맞춰본 적이 없습니다."

칸은 대수롭지 않다는 듯 어깨를 으쓱했다. 칸과 내가 블루프로그에 도착했을 때, S와 K, J의 블루프로그의 문이 전부 닫혀 있었다. 날짜를 보니 오늘은 블루프로그의 정기휴일이었다. 블루프로그의 정기휴일을 기억하지 못할 만큼 발을 들이지 않았다는 게 새삼스러웠다. 칸과 나는 아쉬움

을 뒤로한 채 다음을 기약했다. 그리고 나는 한동안 블루프
로그에 대해 완전히 잊고 지냈다.

나비

모든 사람이 살면서 가장 많이 듣게 되는 말은 자신의 이름이었다. 그렇기에 사람들은 무언가의 이름을 짓는 데 고심하는 것일지도 몰랐다. 내게 이름을 짓는다는 건 고유한 성질을 부여하는 일로 짓는 이의 소망과 바람이 깃든 축복의 의식이었다. 두희는 한자로 뿌리 두(土) 자에 복 희(禧) 자를 쓰는 이름이었다. 땅 위의 복이라는 뜻으로 주로 지상에서 활동하는 배회성 타란툴라를 위한 나의 찬사였다. 처음엔 흙 토(土) 자를 써 토희라고 불렀으나, 흙 토 자가 뿌리 두라는 훈음으로도 불리는 걸 알게 된 후 두희가 되었다. J는 땅 지(地) 자를 써 지희라고 불러야 하는 것 아니냐고 물었다. 두희는 되레 땅을 파 굴속에서 사는 지중성 타란툴라를 위한 이름이 아니냐는 지적이었다. 일리가 있었다. 하지만 어딘지 두희에게는 지희보다는 두희라는 이름이 잘 어울리는 것 같았다. '두'라는 음절을 발음할 때 입을 동그랗게 오므리는 모양이 좋았다.

이따금씩 반지에 이니셜을 새겼으면 어땠을까 하는 생각이 들 때가 있었다. 만약 내가 그때 반지에 이니셜을 새기기로 했다면 머리글자만 따는 것보다는 두희의 풀네임을 부탁했을 듯했다. Duhe보다는 Doohee라고 새겼을 것 같았다. 이름을 길게 늘어뜨린 꼴이 훨씬 귀여웠으니까.

나는 괜히 주위를 두리번거렸다. 그렇게 하면 반지를 팔던 가판을 발견할 수 있을 것처럼. 그러나 당연하게도 가판은 보이지 않았다. 토요일 오전의 거리는 한산했다. 나는 엄마의 부탁으로 토요일에도 진료를 보는 동네의 유일한 동물병원에 가고 있었다.

"곧 포포 생일이란다. 내일 집에 들른다니까 사료랑 간식 좋은 걸로 사와."

갑작스런 엄마의 연락을 받은 나는 근처 동물병원을 검색했다. 연중무휴로 24시간 운영하는 동물병원이 딱 하나 있었다. 수의사를 여럿 둘 만큼 규모도 있어 보였다.

문을 열고 들어가자 제법 커다란 병원의 전경이 한눈에 들어왔다. 토요일 오전의 동물병원은 분주했다. 주로 개와 고양이가 미용과 건강검진, 혹은 다치거나 이상증세를 보여 병원을 찾았다. 나는 번호표를 뽑고 진열된 사료와 간식 중 몇 가지를 골라 자리에 앉았다. 진료가 끝난 동물들의 이름이 호명되었다. 먹을 것으로 이름을 지으면 반려동물이 오래 산다는 속설 때문인지 음식 이름으로 불리는 동물들이 많았다. 초코는 미용을 마친 갈색 푸들로 보호자를 보자마자 꼬리를 프로펠러처럼 흔들어댔다. 꽁깡이는 고등어 무늬를 가진 고양이로 높은 곳에서 떨어지며 꼬리를 삐끗하는 바람에 병원에 들렀고, 샤벳은 그레이하운드로 앞다리가 골절돼 깁스를 하고 병원을 나갔다. 결막염으로 고생 중인 두부, 항문낭을 짜러 온 호두도 있었다.

"나비 보호자님."

병원에 들어오고 처음으로 음식 이름이 아닌 이름이 호명되었다. 모자를 푹 눌러쓴 누군가 진료실로 들어갔다. 그사이 치와와가 보호자의 품에 안겨 새롭게 동물병원으로 들어왔고, 이동장에 들어가 있는 러시안블루도 병원에 방문했다. 곧이어 내 번호가 불렸다. 나는 데스크로 가서 사료와 간식을 계산했다.

"다음부터는 이런 것들은 먼저 계산하셔도 돼요."

"네, 감사합니다."

나는 가방에 사료와 간식을 담았다.

"나비 보호자님, 할부로 해드릴까요?"

나비는 이동장 안에서 야옹거리며 울었다. 나비 보호자
는 일시불로 진료비를 계산했다.

"수현 님?"

"소연 님이세요?"

나를 먼저 알아본 건 모자를 푹 눌러쓴 소연이었다. 소연
은 회사 마케팅팀의 팀장으로 일을 할 땐 열정적이었지만
평소엔 내성적이고 말수가 적은 사람이었다. 벌써 2년째
같은 회사에서 근무 중인데도 사적으로는 말을 섞어본 적
이 없는 사이였다. 그러나 소연에게 나는 기묘한 동질감을
느끼고 있었다. 동명이인은 아니었지만 이름의 발음이 비
슷해 누군가 소연을 부르면 나도 반응했고, 누군가 내 이름
을 부르면 소연도 움찔했다. 어느 정도 적응하자 암묵적으
로 우리는 누군가의 이름이 불리면 동태를 살피고서 반응
했다. 나비는 소연의 반려 고양이로 건강검진을 위해 병원
에 들렀다고 했다. 나는 조카의 개가 곧 생일이라 선물을
샀다고 말했다.

"저 수현 님한테 드릴 게 있는데, 괜찮으시면 잠깐 저희 집 들르실래요? 근처예요."

"저한테요?"

"네."

업무상 용건이 아니면 별다른 대화를 나눠본 적 없는 소연이었다. 쉽게 곁을 내주지도 않았지만 동시에 무해했다. 그런 소연이 내게 줄 것이 있다니 생경한 호기심에 나는 고개를 끄덕였다. 소연의 집까지 가는 동안에도 나비는 이동장에서 쉴 새 없이 울었다. 나비는 유달리 겁이 많았다. 영역을 벗어나면 목청껏 울어제끼기 일쑤라고 했다. 수연은 덕분에 동물병원과 최대한 가까운 곳에 집을 구하게 됐다. 나는 수연을 따라 연립주택 2층으로 올라갔다. 나비는 집에 도착하자마자 울음을 거두었다. 이동장에서 나와 언제 그랬냐는 듯 유유히 창가에 마련된 캣타워에 올랐다. 나비는 노란 치즈 무늬의 코리안 숏헤어였다.

수연의 집은 인간의 삶과 고양이의 삶이 혼재된 듯했다. 곳곳에 캣타워가 설치돼 있었고, 스크래쳐와 캣 터널이 놓여 있었다. 책장 또한 고양이가 올라갈 수 있는 디딤판들이 설치되어 있었다. 바닥을 디딜 때마다 모래 알갱이가 조금씩 밟혔다.

"나비는 몇 살이에요?"

"올해 열다섯 살이에요."

소연의 대답에 나는 진심으로 놀랐다. 나비의 외관으로는 나이를 전혀 가늠할 수 없었다. 나는 다만 나비의 덩치만으로 나이를 가늠했는데 소형견보다 약간 컸으므로 성묘인 것은 확실했다. 나는 나비가 4살 정도의 고양이가 아닐지 추측했다.

"동안이라 몰랐어요."

나는 소연의 안내대로 식탁 테이블에 앉았다. 소연은 다관에 끓는 물을 넣어 녹차를 우렸다. 그리고 수제 양갱을 내왔다. 회사에서는 어딘지 경직돼 있고 소극적인데 반해 집에서는 살갑고 여유로운 태도였다. 나비가 캣타워에서 내려와 식탁 테이블에 앉아 있는 내 다리에 몸을 부비고 지나갔다. 나는 어떤 반응을 보여야 할지 전혀 알 수 없었다. 소연이 내게 물었다.

"혹시 고양이가 무서우세요?"

"아, 그건 아닌데, 고양이랑 이렇게 가까이 있어본 건 처음이라서요. 사람을 되게 좋아하나 봐요."

"네. 사람을 되게 좋아해요. 개냥이예요. 근데 이제 산책을 못하는 개냥이요."

영역 동물인 고양이는 안전하다고 생각되는 영역에서만 활동을 했다. 때문에 대다수의 고양이들이 강아지처럼 산책을 나갈 수는 없었다. 특히 나비는 영역을 벗어나는 데 큰 스트레스를 받는 개체였다. 그래서 이동장에 들어간 순간부터 개구 호흡을 하고, 목청껏 울었다. 노령의 나이 때문에 정기적으로 병원을 다녀야 한다는 걸 감안하면 곤란한 일이 아닐 수 없었다.

"신장이 안 좋아서 약을 먹고 있거든요. 나이에 비해 상태는 좋은 편이라 다행이죠."

"괜찮으세요?"

나비는 테이블 한쪽에 자리를 잡고 앉아 꾸벅꾸벅 졸았다. 소연이 말할 때마다 귀가 쫑긋거리는 걸 보면 자는 척을 하는 듯도 했다. 그러다 아예 한쪽에 옆으로 누워 자리를 잡았다.

"고양이 젤리 만져본 적 없으시죠?"

"네?"

소연은 손가락으로 나비의 발바닥을 가리켰다. 그리고 먼저 자신의 검지로 나비의 앞발 발바닥을 쿡 찔렀다. 나비의 귀가 쫑긋했지만 여전히 눈을 감고 있었다. 소연은 고개를 끄덕이며 내 차례임을 알렸다. 나도 고양이의 젤리를 만

저볼 수 있는 기회는 쉽게 오지 않는다는 것 정도는 알고 있었다. 용기를 내서 나비의 분홍 발바닥을 쿡 찔렀다. 말랑하고, 탄력적이며 따뜻한 촉감이 손끝에 닿았다.

"이래도 돼요?"

"귀한 기회잖아요. 다른 고양이한테는 이렇게 못해요."

소연은 나비의 발바닥을 만질 수 있는 건 오랜 둔감화의 결과라고 설명했다. 나비도 여타의 고양이들처럼 발바닥 만지는 걸 무척 싫어했다. 그러나 소연은 빈틈이 보일 때마다 나비의 앞발과 뒷발을 만졌다. 발톱을 잘라줘야 할 때마다 언제까지고 할큄을 당할 순 없는 노릇이었다.

"어쨌든 같이 살아야 하니까 서로 부단히 노력한 거죠."

소연은 찻잔에 녹차를 따라주었다. 향긋한 풀잎 향이 코끝에 맴돌았다. 나는 차를 한 잔 마셨다. 잘 말린 어린잎의 풍미가 입안에 가득 퍼졌다. 저절로 감탄이 나왔다. 그 모습을 보던 소연이 부엌 선반에서 무언가를 꺼냈다.

"좋아하셔서 다행이네요. 이걸 드리고 싶었어요."

소연이 건넨 건 다관과 찻잔이 들어 있는 다도 세트였다. 여러 종류의 찻잎도 있었다.

"저한테요?"

소연은 왜 다도 세트를 내게 주고 싶었을까? 대체 언제부터? 왜 회사에서 주지 않고 이렇게 우연히 만난 순간에서야 이걸 건네주려고 하는 걸까? 질문이 꼬리에 꼬리를 물고 이어졌다. 내가 당황한 것을 눈치챘는지 소연은 차근차근 이유를 설명하기 시작했다.

"작년부터 드리고 싶어서 사뒀는데 용기가 없어서 회사에서는 전해드리지 못했어요. 또, 선을 넘는 건가 싶기도 했고요."

"저는 소연 님이 무슨 말씀을 하시는지 전혀 모르겠어요."

소연은 망설였다. 잠시 후에 소연은 마음을 먹은 듯 콧김을 한 번 뺐다.

"제가 선을 넘는 거라면 꼭 말씀해주세요."

내가 고개를 끄덕일 때까지 소연은 내게서 눈을 떼지 않았다. 나는 알겠다고, 꼭 그러겠다고 약속했다.

"정말 우연히 알게 됐어요. 수현 님 반려동물이 무지개다리를 건넌 거요."

회사에서 내가 반려동물과 함께 지낸다는 걸 알고 있는 사람은 아무도 없었다. 누군가 스몰토크 주제로 반려동물에 대한 질문을 하면 나는 과거에도 반려동물과 살아본 적이 없다고 대답했다. 내가 반려동물과 살고 있다는 걸 알리는 게, 그리고 그게 두희라는 타란툴라임을 고백하는 게 얼마나 성가신 일인지 나는 이미 숱하게 겪어왔다.

"왜 회사에서는 말씀을 안 하셨는지도 알아요. 반려동물이 타란툴라라서요."

"어떻게 아셨어요?"

나는 너무 놀라 소연에게 되물었다. 언젠가 소연은 우연히 내가 통화로 두희의 이름을 언급하는 걸 들었다고 했다. 두희라는 이름은 그렇게 하지 않으려 해도 저절로 소연의 뇌리에 남았다. 그 후 소연은 내가 인터넷으로 온도조절기를 구매하는 창을 우연히 보았고, 또 인터넷으로 코르크보드를 살피는 것도, 내 휴대폰 배경화면이 거미 모양인 것도 보게 되었다. 각각의 정보는 소연의 머릿속에 조각조각 흩어져 있었다. 그러다 정보들이 하나로 모이는 결정적인 사건이 일어났다. 소연은 차를 몰고 약속 장소에 가다가 블루프로그에서 나오는 나를 보았다. 소연은 블루프로그의 상호명 지도에 검색했다. 소연의 머릿속에 흩어져 있던 조각들이 모두 합쳐지며 두희가 완성됐다.

"정말 오랜 시간을 모른 척해주셨네요."

"말씀 안 하시는 데는 이유가 있을 거 같아서요."

돌이켜보면 소연은 회사에서 반지에 대해 스몰토크를

시도하지 않은 유일한 동료였다. 그게 소연의 배려였던 듯
했다.

"한참 펫로스를 겪으실 때 도움이 되고 싶었는데요, 어쩌
면 그럴 때 무관심이 더 따뜻한 위로가 되는 걸지도 모른다
고 생각했어요."

펫로스. 그 단어를 들었을 때 나는 머리를 한 대 맞은 듯
했다. 두희가 떠나고 지난 1년 반 동안 내가 겪었던 모든 감
정적인 변화들, 어떤 기분들, 컨디션과 상태들, 어떤 우울
들, 생각들은 펫로스라는 단어로 모두 설명이 되었다.

"제가 많이 힘들어했나요?"

"제 눈에는 그래 보였어요. 그 시기에 일도 엄청 많이 하
셨잖아요. 야근도 맨날 하시고요."

소연의 말이 맞았다. 나는 많은 프로젝트를 자진했고, 회
사에서 살다시피 했다. 가만히 있으면 두희가 떠올랐고, 두
희에게 미처 챙겨주지 못했던 것들이 자꾸 머릿속을 맴돌
았고, 두희가 숨을 거둔 날 J에게 연락해보지 않은 걸 자책
했다. 그래서 일에 매진했다. 일을 할 때만큼은 아무런 생
각이 들지 않아서. 녹초가 된 몸으로 집에 돌아와 잠들고
일찍 출근하고 또 늦게 퇴근하는 식으로 스스로를 혹사시
켰다. 나는 굳이 외면하고 있던 사실들을 인정했다.

"맞네요. 저 힘들었어요."

"요즘은 어떠세요?"

"어때 보이는데요?"

나의 반문에 소연은 당황한 듯했다. 나는 숨을 크게 골랐다. 소연에게서 내 상태를 체크할 게 아니라 스스로 진단할 때였다.

"아직도 슬퍼요. 집에 돌아가면 아무 일도 없었던 것처럼 두희가 그대로 은신처에 몸을 숨기고 있을 거 같아요."

나는 집에 들어갈 때마다 이제 두희가 없다는 것을 새삼 깨달았다. 두희가 떠난 자리는 무엇으로도 채워지지 않고 그대로 비어 있었다. 17년의 세월이 쉽게 메워질 거란 생각은 하지 않았다. 그래서 비어 있는 채로 살기로 했다. 굳이 그곳을 억지로 채울 필요는 없었다.

"그렇게 지내다 보니까 생각이 저절로 바뀌더라고요. 이제 내 삶에 더 이상 두희가 없다고 생각하지 않아요. 그냥 두희가 저랑 17년을 함께 있었다는 생각이 들어요."

두희와 함께했던 시간은 두희의 죽음으로 사라진 게 아니었다. 그 시간들은 여전히 내 곁에 남아 있었다. 조금 더 다양한 기쁨과 슬픔, 행복과 외로움, 상실과 위안 들이 나의 경험으로 남으면서 나에게는 더 많은 것들을 이해할 수 있는 힘이 생겼다.

"두희와 함께했던 시간이 있었다는 것만으로도 좋아요. 소중한 순간들이었어요. 하나하나가 다요."

내 말을 듣는 소연의 표정은 복잡했다.

"소연 님, 지금은 제가 어때 보이세요?"

"네?"

"지금 소연 님한테 두희의 얘기를 하는 저는 조금 슬프긴 하지만 좋아요."

두희가 내게 남기고 간 것들이 있었다. 두희가 죽고 나서야 나는 내가 가지고 있는 어떤 장점들이 두희 덕분에 얻은 거라는 걸 깨달았다.

"좀 이상한 말일 수도 있는데 저는 두희 덕분에 좀 더 너른 마음을 얻은 것 같아요. 타인을 수용하고 이해하는 게 조금 용이해졌달까요. 소연 님은 그런 적 없어요?"

종이 완전히 다른 어떤 개체와 산다는 건 그 개체의 습성을 이해하고 다름을 인정하는 일이었다. 서로의 생활이 전혀 다를 뿐 아니라 신체적인 기능도 완전히 다른 개체와의 관계에서는 매 순간 합의점을 찾을 수 없는 의견 차이가 발생했다.

"저도 알 것 같아요. 나비 주려고 좋은 방석을 샀는데 그

방석 위에는 안 올라가고, 방석이 들어 있던 박스에 몸을 구겨넣더라고요."

"받아들이는 수밖에 없어요."

"근데 저는 나비랑 살면서 저도 모르게 나비의 습성을 배운 게 있어요."

"뭔데요?"

고양이들은 눈을 깜박이며 인사를 했다. 소연은 고양이와 눈인사를 나눌 수 있다는 걸 알게 된 후 자주 나비와 눈인사를 나눴다. 그 습관이 굳어 소연은 반가운 사람이나 귀여운 아기를 만났을 때, 심지어 사회성이 좋은 강아지와 눈이 마주칠 때에도 눈을 깜박이며 눈인사를 건넸다.

"상대가 아무런 반응이 없으면, 왜 저러지 싶고, 몇 번 더 눈을 감았다 떠요. 습관이 무서운 거죠."

"저도 그런 거 있어요. 두희가 언제나 먼지나 흙을 털어내기 위해 다리로 부비적거렸거든요? 저도 자주 손으로 몸 여기저기를 쓸어내려요. 저도 배운 거 같아요."

그렇게 말하면서 나는 어깨에서 팔꿈치까지 손으로 쓸어내렸다.

"떠난 건 떠난 거지만, 또 남아 있는 건 남아 있는 거라서 저는 괜찮아요. 걱정해주셔서 감사해요."

소연은 다도 세트를 사용하는 방법을 상세히 알려주었다. 찻잎을 처음 우린 물은 버리고 두 번째 우린 물부터 마셔야 하는 것도 일러주었다. 녹차와 우롱차, 홍차가 모두 같은 잎에서 만들어지는 차라는 것도, 찻잎을 오래 보관하는 방법에 대해서도 꼼꼼히 확인했다. 테이블 구석에서 깊은 잠에 빠져들었던 나비는 어느새 자취를 감추고 보이지 않았다.

"근데 나비는 왜 이름이 나비예요?"

"날쌔고 몸이 가벼웠거든요. 그리고 장난감도 나비 모양 장난감을 제일 좋아해요."

그때 어디선가 문자 그대로 야옹 하는 소리가 들렸다. 소리가 나는 곳을 바라보니 나비가 소연을 똑바로 바라보고 있었다. 시간을 확인한 소연은 어느새 나비에게 밥을 줄 시간이 되었다며 부엌으로 가 사료를 준비했다. 야옹. 나비가 또다시 소연의 등 뒤에서 정직하게 울었다. 소연이 나비에게 나비란 이름을 붙여준 것처럼, 어쩌면 야옹은 나비가 소연에게 붙여준 이름이 아닐까? 그냥 그런 생각이 들었다.

그동안 절지들을

　나는 다섯 가지 감각으로 세상을 경험했다. 하지만 때때로 오감 외에 다른 감각이 불쑥 드러날 때가 있었다. 내가 여섯 번째 감각이라고 부르는 그것은 존재감에 관한 것이다. 존재감은 없는 것을 있다고, 있는 것을 없다고 착각하게 만들었다. 이를테면 오랜만에 렌즈를 끼고 외출했을 때 습관처럼 없는 안경을 들어올리는 것, 전화통화를 하면서 휴대폰을 찾아 헤매는 것, 늦은 오후가 돼서야 반지를 끼고 나오지 않았다는 것을 깨닫는 것이다.

　반지를 두고 나온 건 처음 있는 일이었다. 반지가 없는 왼손 새끼손가락은 반지의 모양대로 자리가 움푹 패어 있었다. 주먹을 쥐었다 펴고, 있는 힘껏 손바닥을 펼쳐도 자국은 사라지지 않았다. 1년이 조금 넘는 시간 동안 반지의 존재는 왼손 새끼손가락에 확실히 자리매김한 듯했다. 왼손은 반지가 없던 때로 돌아갔을 뿐이었지만 마치 어딘가에 여섯 번째 손가락을 두고 온 것처럼 기묘하게 허전했다. 반지가 없다는 것을 깨달은 뒤에도 나는 무심코 반지를 만지려 했고, 그때마다 허공에 발을 헛디딘 것처럼 깜짝 놀랐다.

그러나 하루가 지나는 동안 예사롭지 않은 일은 벌어지지 않았다. 머리 끈이 끊어지거나 떨어뜨린 볼펜이 고장 나는 정도의 사소한 일은 있었지만.

그럼에도 찜찜한 기분은 퇴근길까지 계속됐다. 정류장에 사람이 몰려 집으로 가는 가장 빠른 버스를 세 대나 타지 못하고 보내야 했을 때 찜찜한 기분은 정점에 이르렀다. 하는 수 없이 나는 조금 더 많은 정류장을 거쳐 집으로 향하는 버스에 올라탔다. 블루프로그를 지나 집까지 돌아가는 버스였다.

사거리에서 우회전, 대로변을 달리다 보면 S와 K, J의 블루프로그가 차례대로 나타났다. 그러나 S와 K의 블루프로그와는 다르게 J의 블루프로그는 닫혀 있었다. 간판과 입구를 비추는 푸른 불빛이 모두 꺼져 있었다. 나는 대수롭지 않게 생각했다. J의 사정에 따라 블루프로그의 문을 열지 않는 날도 있었다. 그럴 때마다 J는 굳게 닫힌 문 앞에 구구절절 사정을 설명하는 종이를 붙여뒀다.

하지만 며칠이 지나도록 J의 블루프로그는 문을 열지 않았다. 불이 꺼진 J의 블루프로그를 보고 있으면 반지를 끼고서도 찜찜한 기운이 가시지 않았다. 며칠 후 나는 버스에서 내려 J의 블루프로그로 향했고 문 앞에서 J가 붙여 놓은 공지문을 마주하게 됐다.

— 그동안 절지들을 사랑해주셔서 감사합니다. 아껴주신 마음 잊지 않겠습니다.

나는 눈을 의심했다. J가 적어놓은 두 문장을 몇 번이고 읽어내려갔다. 하지만 아무리 읽어도 J의 블루프로그가 문을 닫았다는 뜻 이외에 다른 의미를 유추해낼 수 없었다. 긴가민가한 마음으로 나는 K의 블루프로그로 내려갔다. UVB 전구를 쬐고 있는 비어디드 드래곤이 입구에서 나를 반겼다.

"왔어? 드디어 알았나 보네."

K는 내가 들른 이유를 이미 알고 있는 듯했다. 마침 K는

188

뒷정리를 시작하고 있었다며 나를 소파에 앉혔다. 그리고 S에게 전화를 걸었다.

"수현이 왔어. 여기로 넘어와."

K가 몇몇 진열장에서 도마뱀들을 꺼내 렉 사육장으로 옮기는 사이에 S가 왔다. S는 분주한 K를 대신해 블루프로그의 간판을 소등했다.

"어떻게 된 거야?"

나는 S와 K에게 물었다.

"우리도 정확히는 몰라. 갑작스럽게 문을 닫겠다고 절지들을 정리하더라고."

"어디가 아프대?"

"아냐, 그건 아니래."

"그럼 무슨 일이 있대?"

"그것도 아니라고 하던데. 우리한테는 아무 말도 안 해주더라고."

S, K, J는 아주 오래전 인터넷 커뮤니티를 통해 만난 사이였다. 당시 국내에는 희귀 반려동물을 양육하는 사람들이 드물었기 때문에 어류, 양서류, 파충류, 절지류를 기르는 모든 사람들이 같은 커뮤니티에서 활동했다. 셋은 오프라인 모임을 통해 얼굴을 익혔고 본격적인 교류를 시작했

다. 각자 취급하고자 하는 반려동물의 종류는 달랐지만 희귀한 동물을 양육하고 있다는 상황 때문이었는지 서로의 고충을 누구보다 잘 이해했다. 세 명 중 동업을 제안한 건 K였다.

"그래도 완전히 짐작 가는 게 없는 건 아니야."

K의 말에 S가 고개를 끄덕였다.

"뭔데?"

"마음이 여렸잖아."

"그래서 블루프로그에도 제일 늦게 합류했지. 고민이 많아서."

"그래도 이렇게까지 심각해진 건 얼마 안 됐지."

S가 K의 말을 거들었다. 나는 J가 블루프로그를 운영하는 데 있어 고충을 겪고 있다는 것을 알지 못했다. 내게 J는 무심하지만 우직하고 강인한 사람이었다.

"이상하게 수현이 네 앞에서는 그렇더라. 개체가 다치거나 죽으면 혼자 끙끙 앓곤 하면서도 너한테는 티를 안 내더라고."

"타란툴라들은 어떻게 했대?"

"혼자 정리하고 있었던 건지 가게에는 몇 마리 없었어. 남은 애들은 다른 키퍼들한테 분양하고 손 털었지."

"까다롭게 골랐지."

J는 마지막까지 블루프로그에 남아 있던 타란툴라들을 입양 보내기 위해 인터넷 커뮤니티를 숱하게 뒤졌다고 했다. 커뮤니티에 글을 올리던 사람 중 성실하게 타란툴라를 돌보던 사람들에게 먼저 쪽지를 보냈고, 따로 분양을 위한 글을 게시하기도 했다. 분양을 받기 위해서는 몇 가지 조건을 충족해야 했다. 타란툴라를 취급한 지 5년 이상 되었을 것, 현재 양육하는 개체가 일곱 마리 미만일 것, 각 개체들의 특성과 크기별로 비바리움의 환경을 조성했을 것, 메이팅을 시키지 않을 것. 조건이 까다로웠음에도 워낙 고가의 개체들이었기 때문에 문의가 많았다. J는 문의를 준 사람들이 이전에 작성한 글을 꼼꼼히 살폈고 입양처를 정했다.

S는 인터넷 커뮤니티에 접속해 J의 아이디로 로그인했다. 블루프로그의 동업자들은 커뮤니티에서 사용하는 아이디와 비밀번호를 공유했다. S는 J가 입양처를 정한 후 작성한 쪽지를 보여줬다.

― 보내드릴 렛서 브라이트는 다른 개체들보다 내성적인 편입니다. 종의 특성은 아니고 해당 개체의 순수한 성격이므로 당황하지 않으셔도 됩니다. 은신처 외에도 유목 등을 이용해 몸을

숨길 수 있는 그늘을 만들어주시면 도움이 될 겁니다.

— 해당 퍼플 블럼을 양육하실 땐 마른 이끼를 깔아주시는 걸 추
천합니다. 다른 식물들보다 마른 이끼를 좋아해 물을 뿌리면
그곳에 맺힌 물방울을 먹곤 합니다. 겁이 많아 자주 엉덩이 털
을 날리니 먹이를 줄 때에도 필히 마스크를 착용해주세요.

J는 분양하는 개체들마다의 특성을 세세히 작성했다. K는
J가 감정적이었던 것에 비해 오래 버틴 셈이라고 설명했다.
"자기 성향을 잘 몰랐던 거지."
"지금 생각해보면 순수한 키퍼였으니까."
S와 K는 콜렉터에 가까운 브리더였다. 그들은 더욱 다양
한 희귀동물을 모으기 위해 노력했고 새로운 종을 만나면
희열을 느꼈다.
"아무튼 그렇게 된 거야."
"한 번 연락해봐. 우리한텐 얘기 안 해도 너한텐 할지도
몰라. 같은 키퍼니까."
K가 말했고 S가 고개를 끄덕였다.
"알았어."
집으로 돌아가려는 나에게 K가 깜박 잊은 것이 있다는

듯 말을 걸었다.

"근데 혹시, 수현이 넌 어때?"

"뭐가?"

"블루프로그 말야. 네가 해볼 생각은 없는지 궁금해서. 너 같은 전문가도 없는데."

K는 항상 삼각형이 가장 안정적인 구도라고 주장하면서 S, K, J가 블루프로그의 중요한 꼭짓점을 맡고 있다고 말했다. K에게 블루프로그는 파충류, 어류, 절지동물류 같은 희귀 반려동물을 취급하는 중요한 거점이었다. K는 희귀 반려동물을 취급하는 가게의 운영진으로서 자부심이 가득했다.

"수현이 네가 딱이긴 하지."

"언니를 더 설득해보지 그랬어."

"그러려고 했는데, 얼굴이 죽을상이었어. 더 붙잡아두면 그대로 산송장이 될 거 같아서."

나는 S와 K의 제안을 거절했다.

"혹시라도 생각 바뀌면 연락줘."

집으로 돌아가는 길에 나는 J에게 전화를 걸었다. J는 전화를 받지 않았다. 나는 메시지를 보냈다.

어디야? 일단 만나서 얘기해.

J는 정리할 게 남았다며 조만간 연락하겠다고 답장했다.

알겠어. 꼭 연락해.

그사이 나는 엄마와 원준을 데리고 보드게임 카페에 갔다. 오랜만에 만난 원준은 키가 한 뼘은 더 자란 것 같았다. 엄마는 보드게임의 종류가 어마어마한 것에 놀란 눈치였다. 원준은 신중하게 게임을 골랐다. 원준이 고른 것은 채광과 채굴, 토목을 통해 점수를 획득하는 게임이었다. 한때 귀농이 꿈이었다는 엄마는 콩을 재배해 거래하는 게임을 골랐다. 한참 게임을 즐기던 엄마가 은근슬쩍 운을 띄웠다.

"이제 정리하고 루미큐브 할까?"

"집에서도 할 수 있는데?"

"그래도 여기서 하면 손맛이 다를 거 같아."

테이블 위로 큐브가 깔리자 엄마는 짐짓 비장한 표정으로 카드를 뽑았다.

"포포는 요즘 어떻게 지내?"

내가 원준에게 물었다. 원준은 살짝 웃으며 대답했다.

"포포요? 잘 지내죠."

원준은 손가락으로 브이를 그려 보였다.

"소리는 어떻게 설득한 거야?"

포포가 시골로 보내지지 않은 건 원준의 노력 덕분이었다. 소리는 정말로 포포를 시골로 보낼 준비를 마친 상태였다. 원준은 기말고사에서 전교 1등을 하겠다고 소리를 설득했다.

"제가 1등 못하면 포포를 어떻게 해도 상관 안 하겠다고 했어요."

원준은 정말 열심히 공부했다. 포포와의 산책을 하면서도 영어 단어를 외웠다. 시험 전날에는 코피를 쏟을 정도로 공부에 매진했다.

"근데 문득 그런 생각이 드는 거예요. 이번 시험이 끝이 아닐 거라는 생각요."

포포는 원준의 성적에 대한 한 인질이나 다름없었다. 원준은 인질극 자체를 끝내야 한고 생각했다. 포포가 자신의 성적에 따라 운명을 달리하게 될 가능성 자체를 차단하고 싶었다.

"가족을 인질로 삼는 건 말이 안 되잖아요."

결과부터 말하자면 원준은 전교 1등을 거머쥐었다. 뒤에서. 원준의 전 과목 성적은 모두 0점이었다.

"열심히 공부해서 0점 맞고, 엄마랑 아빠한테 얘기했어요. 포포를 존중해주지 않으면 저도 제 인생을 존중하지 않 겠다고요."

나와 원준이 대화를 나누고 있는 동안에도 엄마는 한마디 말이 없었다. 오직 루미큐브에만 집중하고 있는 듯했다. 나 에게 차례가 넘어왔다. 내게는 내려놓을 수 있는 카드가 없 었다. 나는 테이블에 깔린 카드를 하나 뽑았다. 조커였다.

"지금은 엄마랑 아빠도 포포를 사랑해요."

소리와 소리의 남편은 원준이 엇나갈까 전전긍긍하며 원 준의 제안을 모두 받아들였다. 원준의 말을 따라 하루에 한 번은 산책을 나갔고 주말이면 다 함께 야외로 놀러 갔다.

"엄마랑 아빠는 포포를 잘 알지 못해서 함부로 대해도 된 다고 생각했던 거 같아요."

"그게 무슨 말이야?"

"그러니까 옛날에는 엄마랑 아빠한테 포포가 아무것도 아닌 그냥 개였대요."

원준의 설명에 따르면 그냥 개라는 것은 감정과 상태를 헤아릴 필요가 없는 개체였다. 소리에게 포포는 개니까 짖 고, 개니까 꼬리를 흔들고, 개니까 냄새를 맡는, 개의 특성 을 가진 아주 단순한 개일 뿐이었다.

"지금은 엄마랑 아빠도 포포의 표정이랑 기분, 감정 같은 걸 다 알아볼 수 있어요. 이제는 누가 달라고 해도 포포를 보내지 않을 거래요."

"정말 다행이다."

나와 원준이 대화를 하는 사이에 엄마는 카드를 전부 내려놓고 루미큐브를 외쳤다. 엄마는 즐거운 듯 어깨춤을 췄고, 원준은 조금 아쉬운 듯했다. 문득 나는 내가 어떻게 엄마와 원준의 상태를 짐작할 수 있는 건지 궁금했다.

"또, 뭘 그렇게 고민하고 있어."

내 마음을 읽기라도 한 듯 엄마가 말했다. 엄마는 내 패를 슬쩍 보고 덧붙였다.

"아무리 고민해봐야 너는 가망이 없다."

"내가 고민하는 거 어떻게 알았어?"

"네 얼굴에 다 써 있으니까 알지."

내 얼굴에 고민이라는 단어가 적혀 있을 리는 만무했지만 나는 엄마의 말을 어느 정도 이해할 수 있었다. 아마 지금 나는 난감한 표정을 짓고 있을 것이다. 조커를 이용해 패를 전부 내려놓고 싶었지만 아무리 고민해도 하나의 패가 해결되지 않았다. 나는 어쩔 수 없이 원준에게 차례를 넘겼다. 원준은 기다렸다는 듯 손을 털었고 2등을 차지했다. 아쉬움을 뒤로 하고 게임을 정리하는데 J에게서 조만간 만나자는 메시지가 왔다.

  며칠 뒤, 나는 J의 집으로 향했다. 못 본 새 J는 더 야위었
고 하얗게 질려 있었다.

  "바깥에 한 발자국도 안 나온 거야? 밥은 먹었어?"

  J는 밥 생각이 없다고 대답했다.

  "그럴 줄 알고 내가 먹을 것 좀 사왔어."

  J의 집에 발을 들인 나는 거실에 침대와 옷장, 컴퓨터 등
가구들이 모조리 나와 있는 것을 보고 놀라지 않을 수 없었
다. J는 거실을 원룸처럼 사용하고 있는 것 같았다.

  "방이 세 개나 되면서 왜 이렇게 지내."

  "어쩌다 보니까 그렇게 됐어."

  나와 J는 부엌 식탁에 앉았다. J는 내가 사 온 음식을 얼
마간 먹다가 수저를 내려놨다.

  "대체 뭐가 어떻게 된 거야."

  내가 물었지만 J는 어깨를 으쓱할 뿐 별것 아니라는 식
이었다.

  "갑자기 다 정리했으면서 뭐가 아무것도 아니야?"

  무슨 일이 있었던 것만 같은 초췌한 얼굴을 하고서 아무
것도 아니라고 말하는 J에게 나는 화가 났다. 내가 언성을

높이자 J는 당황한 것 같았다. 나는 마음을 가라앉히고 다시 한번 질문했다.

"블루프로그는 갑자기 왜 정리한 거야. 집은 또 왜 이러고."

J는 머뭇거렸다. 나는 물러서지 않겠다는 의미로 J의 눈을 가만히 바라보았다.

"코끼리 때문이야."

"코끼리?"

뜬금없이 코끼리라니. 하지만 J가 거짓말을 하는 것 같지는 않았다. J는 물을 한 모금 크게 마셨다.

"동물원에 다녀왔었어."

"자주 가잖아. 근데 갑자기 그게 왜?"

쉬는 날이면 종종 J는 홀로 동물원을 찾았다. 블루프로그에 갇혀 지내는 나날들을 보상이라도 받으려는 듯 J는 탁 트인 동물원을 하루 종일 돌아다녔다. 커다란 동물들을 보는 것도 재미가 있었다. 평일 오전의 동물원에는 관람객이 거의 없어 J는 동물원의 주인이 된 듯한 기분을 만끽했다. J는 리프트를 타고 정상까지 올라가 천천히 내려오면서 동물들을 관람했다. 곰을 관람할 무렵에 어디선가 말소리가 들렸다. 다른 관람객들이 없었기 때문이었는지 그들의 대화가 또렷하게 들렸다.

"곰은 사실 미련하지 않대. 미련 곰탱이라는 말이 틀린 거라고 하던데."

"그럼 왜 그런 별명이 붙은 거야?"

"나도 모르지. 근데 도구를 사용할 줄도 알고 달리기도 빠르다더라. 자기의 흔적을 지우기도 한대."

J는 절지류가 아닌 다른 동물들에 대한 이야기를 듣는 게 흥미로웠다. 대화 속에서 그들이 다큐멘터리를 통해 동물들에 대한 지식을 쌓았다는 것을 알게 되었다. 우연히 그들과 마주칠 때마다 J는 자신도 모르게 그들의 얘기에 귀를 기울였다.

"소가 네 마리네. 아슬아슬하다."

"그러게."

소는 무리생활을 하는 동물로 함께하는 소가 많을수록 평화로웠다. 소는 위협을 느끼면 하나로 뭉쳐 행동하는 습성이 있기 때문이었다. 소가 자신들을 무리로 인식하는 숫자는 네 마리부터였다.

"돌고래는 해초로 헬멧을 만들어 사용할 정도로 똑똑하다던데."

"바다에서 행복하게 지내고 있겠지?"

여러 갈래로 나뉘어 있던 관람 코스는 동물원의 입구와 가까워질수록 줄어들었고 J는 그들과 더욱 자주 만나게 되었다.

"조류독감이 퍼지면 동물원에 있는 새들도 살처분한다더라."

"나도 들었어. 천연기념물이라도 어쩔 수 없다며."

"불쌍하다."

"진짜 그래."

그들의 대화 주제가 무거워질 때마다 J는 동물원의 순기능을 생각했다. 동물원은 종을 보전한다는 궁극적인 목표가 있었기 때문에 어느 정도 문제점들을 감수할 수밖에 없다고 스스로를 설득했다. 그렇게 생각하는 동안 그물무늬기린 사육장에 도착했다. 기린을 구경하면서 J는 한 가지 의문이 들었다. 그물무늬라기엔 기린의 무늬가 듬성듬성하게 뭉뚱그려져 있었다.

"이게 왜 그물무늬기린일까? 무늬가 전혀 그물 모양이 아니잖아."

그들 중 한 명도 J와 비슷한 의문을 품었다.

"사실은 저게 그물무늬기린이랑 마사이기린의 교잡종이라던데. 정확히는 기억 안 나는데 순수한 그물무늬기린은 우리나라에 없다고 했던 거 같아."

"그럼 그물무늬기린이라고 부르면 안 되는 거 아냐?"

종을 보전한다는 동물원의 목적 또한 제대로 지켜지지 않은 상황이었다. J는 굳이 알고 싶지 않았던 사실까지 듣게 되는 게 언짢아졌다. 휴일을 망치고 싶지 않았다. J는 서둘러 코끼리 사육장으로 발걸음을 옮겼다. 그들을 멀리 따돌리고 코끼리 관람을 마지막으로 동물원을 빠져나갈 생각이었다.

코끼리에 대해서라면 그들에게 듣지 않아도 아는 것들이 있었다. 코끼리는 한 번 만난 사람을 평생 기억할 정도로 똑똑했고 하루에도 수십 톤의 먹이를 먹어치웠다. 야생에서는 식물들이 자라는 속도보다 코끼리가 먹는 속도가 훨씬 압도적이었기 때문에 코끼리는 부득이하게 이동 생활을 할 수밖에 없었다. J는 종종 굳이 먹이를 찾아다니지 않아도 마음껏 음식을 먹을 수 있는 동물원의 코끼리들이 부럽기도 했다. J는 코끼리들이 평화롭게 진흙에 몸을 비비며 놀고 있는 모습을 지켜보았다.

"코끼리한테는 동물원에 있는 거 자체가 학대라며?"

그들은 느린 걸음으로도 J를 금방 따라잡았다. J는 당장이라도 그들에게서 벗어나고 싶었지만 웬일인지 발이 꼼짝도 하지 않았다. 작은 사육장 안에 갇혀 있던 대머리독수리, 쿰쿰한 초록 물속에 살고 있는 악어, 바닥에 주저앉아 꼼짝도 하지 않는 바다표범과 같이 애써 보는 둥 마는 둥 지나쳐 왔던 동물들이 떠올랐다.

아프리카 코끼리는 야생에서 길게는 약 70년의 수명을 채우고 세상을 떠났다. 동물원에 사는 아프리카 코끼리는 야생에서 사는 코끼리 수명의 3분의 1 수준밖에 채우지 못한다. 동물원에 사는 아프리카 코끼리의 수명이 야생에 비해 턱없이 모자란 건 사육 환경이 아프리카 코끼리들의 습성에 부합하지 못하고 있다는 뜻이었다. 동물원 전체를 코끼리에게 사육장으로 내주더라도 평생에 걸쳐 이동 생활을 하는 아프리카 코끼리들에게는 적합하지 않을 터였다.

"그 얘기를 듣고 있는데, 내가 오랫동안 외면해오던 문제들을 생각하게 됐어."

J가 말했다. 인간이 아무리 코끼리의 사육 환경을 신경쓴다고 하더라도 야생보다 좋은 환경을 제공할 수는 없으며, 동물원에 있는 코끼리가 인간에 욕심 때문에 그곳에 갇혀 있다는 사실은 변하지 않았다.

"내가 왜 타란툴라를 키우기로 했었는지 얘기했었지?"

"응."

J가 타란툴라들에게 관심을 갖기 시작한 건 단순히 호기심 때문이었다. 타란툴라는 여유롭고 매혹적인 자태를 뽐냈고 우아하고 재빠르게 먹이를 사냥했다. J는 타란툴라가 움직일 때마다 온몸을 감싸고 있는 고유의 색이 일렁이는 것에서 눈을 뗄 수 없었다. 타란툴라는 본능만으로 점철된, 살아 움직이는 보석 같았다.

J는 외국에서 타란툴라를 들여와 기르기 시작했다. 국내에는 타란툴라 사육에 대한 매뉴얼이 전무한 상태였기 때문에 J는 해외 논문 등을 찾아보아야 했다. J는 타란툴라를 여러 가지 사육 환경에 노출시켜 실험을 거듭했다. 야생에서 귀뚜라미를 직접 포획해 먹이로 주기도 했고, 사육장의 온도를 높여 빠르게 성장시키기도 했다. 탈피하는 타란툴라를 돕겠다며 큐티클을 억지로 벗겨본 적도 있었다. 타란툴라가 죽으면 직접 해부를 해가며 타란툴라의 기관들을 이해했다.

"그때는 타란툴라들을 희생시켜서라도 타란툴라에 대한 정보를 최대한 많이 모아야 한다고 생각했어. 미지의 분야였으니까."

J는 타란툴라를 덩치가 크고 조금 특별한, 곤충에 흡사한 어떤 것으로 여겼다. 자신의 실수로 인해 타란툴라가 추락

하거나 복부가 파열되어도 별다른 죄책감이 들지 않았다.

"그러다 처음으로 교배에 성공한 거야."

교배를 시도하는 과정에서 많은 타란툴라가 희생되었다는 건 별로 중요하지 않았다. 중요한 건 두희의 모체가 품고 있던 유정란, 알에서 깨어난 림프들이 곳곳으로 흩어지는, 생명의 신비였다. J는 인간을 넘어선 영역에 다가가고 있는 듯한 기분을 느꼈다. 우주의 수수께끼에 한 걸음 다가가고, 인류의 발전에 이바지한 듯한 감정을 느꼈다. 일종의 정복감이었다.

J는 미래를 위한다는 사명감으로 수많은 시행착오를 겪었다. 커뮤니티 활동을 통해 다른 사육자들과 의견을 나누고 토론하며 케어 시트가 만들어졌다. 케어 시트란 타란툴라를 관찰하고 얻은 정보를 통해 작성된 정보지로 타란툴라의 종류별로 보편적인 사육 환경을 알려줬다.

"나는 완벽한 케어 시트를 만들고 싶었어."

두희의 형제들을 관찰하기 전까지 J는 케어 시트를 완성해 타란툴라의 사육에 관한 완벽한 지침서를 만드는 걸 목표로 삼았다. J는 두희의 형제들이 완벽한 케어 시트를 위한 시발점이라고 생각했다. 타란툴라의 탄생부터 온전히 관찰할 수 있는 절호의 기회였으니까. 두희의 형제들 중 일부는 모체에게 잡아먹혔다. J는 같은 종족도 서슴지 않고 사냥하는 카니발리즘적인 타란툴라의 습성이 새끼들에게도 적용된다는 것을 케어 시트에 추가했다.

"지금도 케어 시트를 따라 타란툴라를 취급한다면 절반은 성공한 거야. 다른 말로 하면 타란툴라한테 반쪽짜리 목숨을 쥐여주는 거랑 똑같아."

"뭐가 문제인 건데?"

"개체들마다 성격이 조금씩 다르잖아."

J는 내게 한 번도 하지 않았던 얘기를 꺼냈다. 두희의 형제자매들이 태어났을 때 J는 개체별 특징들을 어렴풋이 눈치챘다. J는 그것을 착각이라고 여기며 모른 척했다.

"근데 두희가 처음부터 좀 특이했어."

나는 귀를 의심했다. J가 두희의 이름을 내뱉은 건 처음 있는 일이었다.

"주희?"

나는 J에게 물었다. 블루프로그에 다닌 17년 동안 나는 J가 두희의 이름을 부르는 걸 한 번도 본 적이 없었다. 아마 내가 다른 이의 이름을 두희로 착각한 것 같았다.

"아니, 두희. 너희 집 개."

J가 또박또박 발음하는 두희의 이름은 처음 들어보는 언

어처럼 낯설고 신비로웠다.

"걔는 겁이 많은데 묘하게 도전적이고, 호기심 많은데 침착하고 또 덜렁대. 아무튼 이상했어. 그니까 다리 부절이 두 번이나 왔지."

유독 까다로운 관리를 요하는 개체들이 있었다. J는 그것을 미어캣은 경계심이 많고 호랑이가 아주 조심스러운 성격을 지닌 것처럼 종에 따른 차이일 뿐이라고 생각했다. 종뿐만 아니라 개체마다의 성격이 다를 수 있다는 것을 생각해보지 못했다.

"눈앞에서 보고도 믿지를 못한 거지. 그래서 너한테 떠맡긴 거야. 더 생각하고 싶지 않아서."

"두희를?"

"응."

J는 타란툴라를 생명체로 존중하고 싶지 않았던 것 같다며 스스로를 탓했다. 하지만 나는 J가 최소한의 책임감을 가지고 있었다는 걸 알고 있었다. J는 타란툴라를 데려가고 싶어하는 손님들을 약간 짓궂은 방법을 통해 선별했다. 시험대에 오른 손님들 중 그럼에도 타란툴라를 데려가는 손님들은 J가 신신당부한 주의사항을 그대로 따랐다.

새로운 손님이 블루프로그를 방문할 때마다 나도 모르

게 긴장이 되었다. 문에 달린 종이 딸랑거리며 손님이 왔다
는 것을 알리면 J는 손님의 얼굴을 확인하고 잠시 자리를
비웠다. 내가 손님을 응대하고 있으면 J는 다시 나타났다.
나는 손님을 데리고 타란툴라들을 소개했다. J는 뒤에서 조
용히 그 모습을 지켜봤다. 그리고 손님이 타란툴라를 구입
하고 싶다는 의사를 밝히면 이렇게 말했다.

"그런데 결정하시기 전에 꼭 알아두셔야 할 게 있습니다.
타란툴라를 키우게 되면 곤란한 게 한 가지 있어요."

J는 심각한 얼굴로 괜한 말을 꺼냈다며 말을 물렀다. 손
님들은 그게 무엇인지 꼭 알고 싶어했다.

"뭐라고 말씀 드려야 될지 모르겠는데. 직접 보여드리는
게 나을 거 같네요."

J가 손을 쫙 펼치면 손바닥을 가득 메운 거미줄들이 가늘
게 늘어졌다. 나는 J가 미리 물풀을 손에 쥐고 있었다는 것
을 알고 있었음에도 천연덕스러운 J의 연기에 넘어가곤 했
다. J는 얼굴색 하나 변하지 않고 말을 이었다.

"이건 저에게도 갑작스러운 일입니다. 조절이 되는 것도
아니고, 일상생활에서 불편함이 느껴질 때가 많아요. 그래
도 데려가실 거라면 주의사항을 꼭 지켜주셔야 해요."

그 자리에서 J에게 농담이 지나치다고 화를 내는 손님은

한 명도 없었다. 손님들은 대부분 얼굴이 하얗게 질린 채 꼼짝도 하지 않고 J의 주의사항을 경청했다. J는 자신의 할 말이 끝나면 손님에게 양해를 구하고 손을 씻으러 갔다. 손님에게 아주 잠깐 생각할 시간을 주는 것이었다. 대부분의 손님들은 잠시 주어진 시간 동안 타란툴라를 데려갈지 말지에 대해서만 골몰했다. J의 말이 진짜인지 가짜인지 진위를 판단하는 손님은 아무도 없었다.

"그거 때문에 단골도 많이 생겼던 거 같은데."

"맞아. 그걸 특별한 퍼포먼스 정도로 생각해주는 사람들도 있었으니까."

나름의 위험을 감수하고도 타란툴라를 데려간 손님들은 다시 블루프로그를 찾았다. 그들은 잠자리에 들 때쯤에야 J의 얘기가 거짓말이라는 것을 깨달았다고 입을 모아 얘기했다. 뭔가에 홀린 듯한 기분이었다는 증언들이 쏟아졌다. J는 가만히 팔짱을 낀 채 가만히 손님들의 얘기를 듣고만 있었다.

입소문을 타고 더 많은 사람들이 J의 블루프로그를 찾았다. 눈코 뜰 새 없이 바쁜 와중에도 J는 여유를 잃지 않았다. 조급한 마음에 우왕좌왕하는 나와는 다르게 불필요한 움직임을 줄여가면서 가장 효율적으로 타란툴라를 관리하

는 것 같았다. 180여 마리가 넘는 타란툴라를 나와 J 둘이
서만 관리하던 때도 있었다.

"B열 3번 좀 꺼내줘."

"E열 6번은 탈피 시작할 거 같던데."

나와 J는 분류법을 만들었다. 주문을 소화하는 데 급급
해 시간이 어떻게 가는 줄도 몰랐다. 마감 시간을 훌쩍 넘
기고 문을 닫아야 할 때도 허다했다.

"마침 네가 휴학했어서 다행이었지."

"잠자고 일만 해서 그랬는지 지금보다 그때가 더 부자였
던 거 같아. 돈 쓸 시간이 없어서. 언니가 월급도 꽤 많이 쳐
줬잖아."

두희에게는 그때가 가장 평화로운 시절이었을지도 몰랐
다. 두희를 귀찮게 하거나 위협하는 나의 모든 행동들이 잠
속에 묻혔으니까. 나는 피곤에 절어 집에 도착하자마자 잠
이 들곤 했다.

"근데 그렇게 장사가 잘되는데도 신기하게 거절당하는
애들은 끝까지 데려가는 사람이 없었어."

"맞아. 인기가 없는 종이라서 그런가 싶다가도 같은 종의
다른 개체를 소개해주면 또 걔는 데려갔잖아."

나는 오랫동안 블루프로그에 남아 있는 개체에게 이름

을 붙여줬다. H열 1번의 로즈헤어는 츄츄였고, M열 4번의 일렉트릭 블루는 호야였다. J는 내가 개체들에게 따로 이름을 붙여준 것을 알고 나를 나무랐다.

"나는 이름을 붙이지 않으면 개성을 지워버릴 수 있다고 믿었던 거 같아. 그래야 마음이 불편하지 않으니까."

"나는 언니가 일할 때 헷갈리고 불편할까 봐 그런 줄 알았어."

"근데 이름이 없어도 알겠더라고. 개체들의 성격을."

사회를 이루며 사는 동물들은 몸짓 언어를 통해 자신의 기분과 상태를 공유했다. 가령, 포포가 나와 눈을 맞추지 않고 자꾸 고개를 돌리는 건 내게 적대감이 없다는 뜻이었다. 말, 쥐, 코끼리, 염소 거의 모든 동물들은 몸짓과 표정을 통해 자신의 상태를 표현할 줄 알았다. 하지만 아쉽게도 타란툴라에게는 우리가 얼굴로 인식할 만한 것이 없었고, 상태를 표현하는 몸짓 언어도 전무했다.

"그래도 저절로 알 때가 있잖아. 너도 두희에 대해서 알고 싶지 않아도 아는 게 있지 않았어?"

"두희는 천사의 눈물을 별로 안 좋아했어."

"옛날에 내가 써보라고 줬던 거?"

"응. 너무 싫어하길래 얼마 안 가서 치워버렸어."

"어쩐지 네 후기가 변변치 않더라."

"근데 그런 건 어떻게 아는 걸까? 천사의 눈물을 싫어하는지 같은걸. 그냥 어느 날 갑자기 알게 되는 건가? 마법처럼?"

J는 고민에 빠진 듯했지만 금세 말을 이었다.

"오래 들여다보면 데이터가 쌓이는 거 같아."

J는 타란툴라들이 끊임없이 상황을 판단하며 그에 따른 반응들이 개체마다 다르다는 걸 깨달았다.

"가만히 보고 있으면 굉장히 주체적이잖아."

J는 타란툴라들을 지켜보며 주체가 존재를 이루는 가장 작은 단위라는 걸 알게 되었다고 고백했다. J에게 주체란 어떤 상황에서 스스로 결정하고 선택하는 힘이었다.

"그게 타란툴라들이 가진 성격이라고?"

"그래. 내밀한 속사정까지는 알 수 없지만."

가령 A열 2번과 B열 3번 개체는 둘 다 그린보틀블루였지만 A열 2번의 개체가 조금 더 식탐이 많고 성격이 무던했다. A열 2번은 먹이를 배급하기 위해 뚜껑을 연 순간부터 먹이가 땅에 떨어지기를 온몸으로 기다렸다. B열 3번이 은신처에 숨어 조심스러운 것에 반해 도발적인 행동이었다.

"세 번 중에 두 번 같은 선택을 했다면 긴가민가했겠지

만, 이십 번 중에 열일곱 번 같은 선택을 하면 우연이라고
는 못하지."

"스무 번 중에 세 번은 특이한 상황인 거고?"

"그렇지. 안 하던 짓을 하는 거니까. 거기엔 뭔가 이유가
있는 거야."

C열 9번 개체가 벽에 붙어 내려오지 않던 때가 있었다.
바닥재가 지나치게 축축하거나 사육장 내의 온도가 높으면
나타나는 반응이었지만 습도와 온도에 이상은 없었다. 문
제는 워터 젤이었다. 눈코 뜰 새 없이 바쁘던 시기에 물그
릇을 매일 바꿔주는 대신 워터 젤을 넣어 수분을 보충했는
데 C열 9번은 워터 젤을 싫어했던 것이다. 워터 젤이 무서
웠는지, 마음에 들지 않았는지 정확한 사정은 알 수 없었지
만 이후로 C열 9번에게는 워터 젤을 제공하지 않았다.

"이상하지. 개체들마다 데이터가 하나하나 다 다르다는
게."

"종 자체는 사나운데 사람을 잘 따르는 녀석도 있고, 분
명 온순한 종인데 예민하고 까다로운 애들도 있었긴 해."

J는 블루프로그의 환경이 열악했던 것이 가장 미안한 일
이라고 고백했다.

"사육장에 애들을 가두고 살아갈 수 있는 최소한의 환경

만 제공했던 거니까."

나는 아무 말도 하지 않았다. 나 또한 알면서도 애써 외면하던 일이었다. 흙바닥 위에 놓여 있는 것과 다름없으면서도 타란툴라들은 버티고 또 버텼다.

"옛날에는 최소한의 환경만 주어지면 되는 거라고 생각했어."

J는 한동안 인터넷 커뮤니티에서 논쟁이 뜨거웠던 비바리움 크기 논란을 기억하는지 물었다. 나는 고개를 끄덕였다.

"타란툴라한테 좁은 비바리움이 더 안정감을 준다던 글 아냐?"

"응. 기억하고 있네."

타란툴라에게 좁은 환경이 안정감을 주는 이유 딱 한 가지밖에 없었다. 낮에 몸을 숨길 만한 은신처가 없는 경우였다. 하지만 밤이 되면 사정은 달랐다. 밤이 되면 활동을 시작하는 타란툴라에게 좁은 환경은 활동을 시작할 기회조차 주지 않는 거나 다름없었다.

"타란툴라한테 최소한의 스트레스를 주려면 어떻게 해야 하는지 고민 많이 했거든."

J가 갑자기 자리에서 벌떡 일어났다.

"따라 와."

나는 J를 뒤따랐다. J는 굳게 닫혀 있던 방문을 열고 들어 갔다. 방마다 배회성, 나무위성, 버로우성의 타란툴라들이 생활하는 비바리움이 갖춰져 있었다. 개체들이 생활하는 공간의 크기가 지금까지 본 비바리움 중 가장 크고 넓었다.

"그래서 거실이 저 모양이었던 거야?"

"나는 저 정도 크기만으로도 생활이 충분해서. 원래 짐도 별로 없었고, 지금 동선도 딱 좋아."

"애들 다 입양 보낸 줄 알았어."

"손만 털고 끝내는 건 적성에 안 맞기도 하고. 나도 책임을 저야지."

야생만큼 좋은 환경이 없다고 해도 블루프로그에서 지내던 타란툴라들을 무작정 그곳으로 보내는 건 무책임한 일이었다. 교배를 통해 블루프로그에서 태어난 개체들이라면 문제는 더욱 복잡해졌다. 개네가 본능만으로 야생에 적응할 수 있을 거라는 생각은 커다란 오판이었다. 한평생을 블루프로그의 사육장이 세상의 전부인 줄 알고 지냈던 개체들은 복잡한 생태계를 인지하기까지 더 오랜 시간이 걸리기 때문이었다. 평생 배우지 못하는 개체들도 있을 것이다. 천적에 대한 위험을 제대로 감지하지 못할 정도로 블루프로그의 삶에 익숙해져 있다면 사람의 손길이 계속 필요했다.

"인정할 건 인정해야지. 현재로서 사람 손에 익숙해진 절지들을 야생에 내던진다는 건 안 될 일이야. 동물원에서 태어난 물범은 인공 포육을 통해 물고기를 먹는 방법을 따로 배워야 하는 것처럼."

J는 인기가 많고 몸값이 비싼 개체들부터 입양 보내기로 했다.

"비싼 애들은 애지중지해주는 사람들이 많더라고."

J가 데리고 있는 개체들은 보호자를 만나지 못해 오랫동안 블루프로그를 지키고 있던 녀석들이었다. 한마디로 인기가 없는 개체들이었다. J는 그들을 모두 데리고 집으로 왔다.

"그래도 거의 20년 동안 한 일이었는데 이 정도는 끄떡도 없지."

J의 집에는 모두 열일곱 마리의 타란튤라가 있었다.

"언니한테는 거뜬하지."

비바리움마다 테마가 있는 것처럼 저마다 분위기가 달랐다. 나는 가장 눈길을 끄는 비바리움 앞에 멈췄다. 미로처럼 얽혀 있는 유목들 사이로 작은 자동차 피규어가 놓여 있었다. 비바리움 한쪽 구석에는 이름표가 붙어 있었다. 개체의 이름은 헤르미온느였다.

"얘 이름이 헤르미온느야?"

"응. 애가 똘똘해. 정말로."

J는 덤덤하게 얘기했지만 J의 얼굴에 옅은 분홍빛이 조금씩 번졌다.

"〈해리포터〉에 나오는 금지된 숲처럼 꾸며둔 거야."

J의 얼굴은 온통 분홍빛이었다. 블루프로그의 어둡고 컴컴한 분위기 때문에 몰랐지만 아마 J가 물풀로 거미줄을 만들어 연기할 때의 얼굴빛도 지금과 다르지 않았을 것이다. 나는 비바리움을 돌아다니며 개체들의 이름을 살폈다.

"얘는 왜 장금이야?"

"사냥한 먹이를 아주 정성스럽게 다루거든."

"고길동?"

"애가 성질이 급하고 히싱을 많이 해."

J의 얼굴이 금방이라도 터질 듯해서 나는 이름의 유래에 대해 묻는 것을 그만두었다.

"누가 이름 물어보면 일일이 설명하기 귀찮을 거 같아서 붙였는데 더 난감하네."

"아냐, 진짜 좋아. 비바리움 콘셉트가 왜 이런지 바로 이해가 돼. 안 붙어 있었으면 더 귀찮게 굴었을 거야."

개체들의 이름은 드라마, 영화, 만화 등에 나오는 등장인물과 같았다. J는 여러 구조물들을 이용해 이름의 배경이 되는 작품들을 비바리움 속에 재현했다. 타란툴라적으로 재해석된 무대 같았다.

"이거 다 하는 데 얼마나 걸렸어?"

J는 시계와 달력을 번갈아 쳐다봤다.

"잘 모르겠는데. 그냥 무진장 오래 걸렸어."

"난 엄두도 안 난다."

어린 왕자라는 이름을 가진 개체는 사막에 불시착한 콘셉트의 비바리움에서 생활하고 있었다. 어린 왕자는 건계에서 생활하는 배회성 타란툴라였다.

"근데 비바리움 다 꾸미고 나서는 너무 소름이 돋더라."

J가 말했다.

"왜?"

"또 결국 내 마음대로 해버린 거잖아. 헤르미온느라는 이름이 왜 필요하며, 자동차는 왜 있겠어."

J는 자신이 가진 무게중심이 인간을 기준으로 삼고 있는 게 타란툴라들에게 미안한 일이라고 털어났다. 비바리움을 꾸밀 때 타란툴라의 입장에서 생각하고 타란툴라의 관점으로 세상을 바라보려고 노력했지만 J는 어느새 오뚝이처럼

인간의 편에 서 있었다.

"어려워."

"정말 어렵겠다."

"계속 노력해야지."

나는 내 안에 있는 무게중심에 대해 생각했다. 그것은 단전쯤에 위치하는 것 같았고 내가 인간적인 기준을 잃지 않도록 도왔다.

"근데, 인간적으로 생각하는 게 뭐가 나쁜 거야? 우린 인간이잖아. 얘네도 타란튤라적인 생각으로 세상을 이해할 텐데."

"사람들이 가진 힘이 다른 동물들에 비해 너무 강력하잖아."

비바리움들을 전부 돌아본 나는 J가 데리고 있는 타란튤라들이 어째서 오랫동안 블루프로그에 남아 있었는지 알 것 같았다. 너무 흔해서, 은신처 밖으로 잘 나오지 않아 관찰이 어려워서, 움직임이 지나치게 빨라서, 발색이 애매해서, 다리 부절을 회복하지 않아서. 타란튤라 사이에서는 아무렇지 않은 것들이 문제처럼 여겨지는 건 확실히 균형 관계가 기울어져 있다는 것을 의미하는 것 같았다.

"언니, 동물원 중에는 다친 야생동물들을 데리고 와 보호하기 위해 힘쓰는 곳도 있대. 일종의 보호소 같은 거지. 사람들은 자기들이 가진 강력한 힘을 좋은 곳에 쓸 때도 있어."

"맞아. 그러기 위해서 나도 규칙을 하나 더 추가했어. 예전에 내가 손님들한테 얘기했던 거 기억해?"

J가 블루프로그의 손님들에게 당부했던 주의사항은 두 가지였다. 핸들링을 하거나 불필요한 접촉을 시도하지 않고 눈으로만 확인할 것. 보다 보면 파악할 수 있는 개체의 고유한 성격과 특징을 외면하지 말 것.

"그리고 단순한 호기심으로 키우기를 시도하지 말 것."

"그건 맞지."

"근데, 키울 거면 잘 키웠으면 좋겠어. 데리고 오기 전에 공부도 많이 하고 힘들어도 끝까지 책임지고."

나는 J에게 주안이 있던 나라에 대한 이야기를 꺼냈다. 그곳에서는 사람들과 타란툴라가 유리 벽을 사이에 두고 분리되어 있지 않고 그냥 같이 산다고. 우연히 집 안으로 들어온 타란툴라는 비와 쓰레받기로 잡아 밖으로 내보낸다고. J는 특유의 나른한 얼굴로 가만히 내 얘기를 듣고 있었다.

"근데 언니."

"왜?"

"언니 집기들이 다 거실에 모여 있고 개체들이 방에 있어서 그런가? 언니가 타란툴라네 집에 얹혀사는 것처럼 보여."

나는 주위를 둘러보았다. 확실히 J의 짐보다 타란툴라의 물건이 더 많은 것 같았다.

"나도 비슷한 생각이야."

"그리고 하나만 더 물어볼게. 왜 얘만 이름이 순덕이야? 이것도 어디 나오는 이름이야?"

유독 눈길이 가는 개체였지만 순덕이라는 이름이 등장하는 작품은 떠오르지 않았다.

"팔자가 사나워서 좀 순해지라는 염원이 담겨 있는 거야. 너 얘 모르겠어?"

순덕이는 내가 처음 블루프로그에 방문했을 때 J를 도와 채 탈피하지 못한 등갑을 벗겨준 개체였다.

"걔가 얘야? 그럼 거의 19년을 산 거네. 말도 안 돼."

"그래. 얘는 죽을 고비 몇 번 넘기더니 오래 살더라. 이러다가는 나보다 더 오래 살 거 같아."

순덕이는 자신이 마련해놓은 거미줄에 복부가 걸린 줄도 모른 채 힘으로 탈피를 밀어붙이기도 했다. 만약 J가 복부에 걸린 거미줄을 발견하고 끊어내지 못했다면 순덕이는 탈피하는 과정에서 복부가 파열돼 세상을 떠났을지도 몰랐다.

"이렇게까지 블루프로그에 오래 남아 있었던 것도 신기하고."

"비싼 애들 데려가면 끼워주기도 했는데, 이상하게 얘는 그러고 싶지가 않더라고."

순덕이는 블루프로그에 있을 때보다 수 배는 넓직한 비바리움을 누렸다.

"비바리움이 작아야 안정감을 준다는 주장은 비바리움 안에 제대로 된 은신처가 없는 경우에만 해당되는 거였어. 비바리움이 크더라도 개체가 안정감을 얻을 수 있는 은신처만 구비한다면 훨씬 좋은 거 같아. 밤에 엄청 돌아다녀."

순덕이는 전보다 나은 삶을 살고 있을까. 순덕이에게 직접 의견을 구할 수는 없었지만 확실한 건 활동 반경이 넓어졌다는 것, 움직임에 여유가 생겼다는 것, 행동들이 훨씬 풍부해졌다는 것이었다. 다용도실에는 비바리움에 사용되는 바닥재가 종류별로 쌓여 있었다.

"이 정도 양이면 얼마나 써?"

"세 개에서 네 개 교체할 만큼일걸? 필요한 만큼만 산 거야."

"어디에 필요한데?"

"습도 관리를 잘못해서 갈아줘야 하는 것들이 있어."

"언제 할 건데?"

"너 가면 시작하려고."

"혼자서?"

"뭐. 그렇지."

"같이 하자. 도와줄게."

나는 J를 돕겠다고 나섰다. 양손으로 포대를 들고 옮기
자 반지가 손가락을 지그시 누르며 압박감이 전해졌다.

"반지 불편하면 빼."

J는 내가 반지를 신경쓰고 있다는 것을 알아차렸다. 블루
프로그를 운영했던 오랜 세월 덕분이었는지 J는 종종 다른
사람들이라면 오랜 시간 알아채지 못할 것들을 곧바로 발
견하곤 했다. J는 자신의 이마와 뒤통수에도 다른 사람에게
는 보이지 않는 눈이 달려 있기 때문이라고 설명했다.

"없는 게 더 불편해."

J와 나는 한창때처럼 합이 잘 맞았다. 먼저 얘기하지 않
아도 서로가 필요한 것들을 주고받았다. 나는 J에게 바닥재
인 에코어스를 건넸고 J는 빈 포대를 내게 전했다.

"둘이 하니까 금방 끝나긴 한다."

J는 감탄했다. 버리는 바닥재는 매립용 마대에 담아 현관

근처에 쌓아두었다.

"이제 진짜 끝이야. 내일 아침에 배출 신고하면 돼."

"그럼 밥 먹자. 너무 배고파."

타란툴라들이 활동을 시작하는 저녁이었다. 나와 J는 중국집에 전화해 짜장면을 시켰다. 늘 하던 대로 J는 삼선짜장, 나는 간짜장이었다.

"언젠간 이런 날이 올 줄 알았어."

J가 말했다.

"무슨 날인데?"

"너한테 사과해야 하는 날이지."

J는 내게 죄책감을 피하려 두희를 떠넘기듯 맡긴 것에 대해 사과했다.

"그 밖에도 여러 가지 일들에 가담하게 한 것 같아서."

J는 구체적인 단어로 나를 어떤 일들에 가담시킨 건지 설명하진 않았지만 나는 J의 마음을 알 것 같았다.

"초반엔 그랬을지 몰라도 어느 순간부터는 내 선택이었던 거야. 그리고 언니랑 같이 일했던 거, 두희랑 지냈던 거 후회 안 해."

처음부터 블루프로그에 발을 들이지 않았더라면, 그래서 타란툴라들은 물론이고 두희의 존재조차 모른 채 살았더라면 어땠을까. 이따금씩 나는 시간을 거슬러 올라가는 상상을 했다. 엄마를 피해 블루프로그로 도망쳤을 때 두희를 돌려놓았다면, J가 월급과 함께 두희를 건넸을 때 한사코 거절했다면, 내 눈앞에 블루프로그가 나타났을 때 신경쓰지 않고 지나갔더라면.

내 인생에 블루프로그가 없었다면 어쩌면 내 삶은 훨씬 평탄했을지 몰랐다. 두희가 없는 삶 속에서는 두희로 인해 엄마와 척을 지는 일이 없었을 것이고, 소리와 사이가 틀어지지 않았을지도 몰랐다. 또 타란툴라에 대한 편견으로 나를 대하는 사람들과 마주치지 않아도 되었을 것이다. 그러나 그것은 확실히 지금보다 단조로운 삶이 분명했다. 나는 단순하지 않은 삶이 얼마나 중요한 것인지도 알고 있었다. 내 인생에 블루프로그가 있었기 때문에 포포를 지키고 싶어하는 원준의 마음을 이해할 수 있었고.

나와 당신이 참 많이 다르다는 걸 인정하지 않을 수 없다.

말이 통하지 않는 무언가와 함께 산다는 건, 그래서 서로를 관찰할 수밖에 없고 그럼에도 영원히 이해할 수 없는 부분이 남아 있다는 건 내게는 그것을 있는 그대로 받아들여야 한다는 의미였다.

"나도 언니한테 사과 못한 거 있는데."

"그런 게 어딨어?"

"한참 손님이 몰려서 시간이 어떻게 가는지도 몰랐을 때. 너무 힘들어서 블루프로그 그만두겠다고 잠수 탔었잖아. 제대로 사과 못 한 거 같아서."

"그건 진작에 용서했어. 어쨌든 돌아왔잖아."

"그래도, 미안해. 사과할게."

나와 J는 거실에 앉아 블루프로그에서의 일들을 회상했다. 블루프로그는 즐겁고 화가 나고 슬프고 기쁘고 애잔한 일들로 가득했다. J와 함께 블루프로그에서 있었던 일들을 얘기할 때면 블루프로그는 나와 J 사이에 다시 건재하게 모습을 드러냈고, 그럴 때면 나는 굳게 닫힌 문 너머 어딘가에 두희가 있을 것 같은 착각이 들었다. 더 이상 블루프로그에 대해 할 말이 없을 때까지 실컷 떠든 후에 나는 짐을 챙겼다. 블루프로그의 마감을 훨씬 넘긴 밤이었고, 타란툴라들의 활동이 가장 왕성한 시간이었다. ■

2010년 겨울부터 나는 고양이 B와 함께 살게 되었다. B와 함께 산 직후부터 우리 집은 어떤 생태계로 거듭났다. 10여 년이 흘러도 종간의 차이는 끝내 좁혀지지 않았다. 나는 인간으로, B는 고양이로 여전히 서로 대화가 통하지 않는다. 다만 서로의 습성을 관찰하고 받아들였으며 그에 익숙해졌을 뿐이다.

B는 모든 게 자기 멋대로인 것처럼 보인다. 웬일로 내 무릎에 앉아 꾸벅꾸벅 조는 B는 내가 자세를 살짝만 고쳐 앉아도 가차 없이 무릎 위를 떠나버린다. 하물며 애정표현조차도 일방적이다. 자기는 내 턱에 머리를 부딪치는 헤드번

팅을 마음껏 하고, 이제 차례가 되었을까 싶어 내가 입술을 내밀고 다가가면 앞발로 내 입을 막고 도망쳐버린다. 인간적인 도의는 전혀 작동하지 않는다. B는 고양이니까. 어쩌면 고양이인 B에게도 내가 자기 멋대로인 것처럼 보이고, 고양이적인 도의*가 없는 것처럼 보일지도 모른다.

또한 나는 B의 선호와 B가 처한 상황과 그에 따른 기분을 알 수 있다. 집에서 B가 가장 좋아하는 자리는 창가다. B는 창가에서 창밖의 새들을 구경하곤 한다. 새들이 지나갈 때마다 B는 열심히 새의 움직임을 좇는다. 그런 B의 모습을 옆에서 지켜보면서 나는 자연스럽게 동네 새들의 동향도 함께 살피게 되었다. 유난히 까치가 많던 동네에 까마귀가 나타나기 시작한 후로 까치는 자취를 감췄다. 까치를 보면서는 채터링까지 해가며 몸을 들썩이던 B였지만 까마귀는 숨죽여 지켜보는 게 전부였다. 까마귀의 덩치에 위압감을

---

* 언젠가 나는 B에게 고양이적으로 애정을 표현하고 싶었다. 고양이가 기분이 좋을 때 내는 골골송을 들으며, 인간의 기관으로 비슷하게 소리를 낼 수 없는 방법이 없을까 고민했다. 그리고 코골이가 골골송과 비슷한 효과를 낼 수 있다는 결론에 다다랐다. 고양이적으로 애정을 표현하는 데 성공할지도 모른다는 기대감에 엎드려 있는 B의 털에 얼굴을 묻고 힘차게 코를 골았다. B는 나의 코골이에 당황했는지 자신이 부르던 골골송을 멈췄다. 인간과 고양이 사이의 차이를 다시 한번 실감할 수 있었다.

느낀 것 같았다. 나 같아도, 내가 B였어도 검은 털에 윤기가 흐르고 커다란, 까치를 몰아내고 새롭게 동네에 군림한 까마귀에게는 함부로 덤비지 않을 듯했다. 심지어 B는 까치와 설전을 벌이다 도망친 적도 있었으니까.

B와 살면서 나는 인간의 영역을 벗어난 생각과 경험들을 조금씩 쌓아온 듯하다. 그래도 여전히 나는 인간이지만, 어떻게 해도 고양이는 될 수 없지만, 인간 너머의 것들을 들여다보기 시작한 건 분명하다.

90년대까지는 동물들에게 감정이 없다는 의견이 학계의 주류를 이뤘지만 현재는 동물에게도 감정이 있다는 의견이 주류를 이루는 것처럼, 나 또한 소설을 쓰면서 수없이 많은 인식의 변화를 거쳤다. 소설을 집필하는 동안 참고한 작품들 덕분이다.

먼저 희귀동물들을 상세히 다룬 책들을 참고했다. 《신비한 유혹 타란툴라》는 타란툴라의 구조부터 사육법까지 상세히 소개되어 두희를 구현해내는 데 큰 도움을 받았다. 또한 1세대 희귀동물 매니아들의 이모저모를 들여다볼 수 있어 J에 대한 설정을 완성할 수 있었다. 도마뱀 칭에 대한 이야기를 쓰면서는 《낯선 원시의 아름다움 도마뱀》을 읽었다.

그 다음으로 동물권에 대한 작품들을 보았다. 《고등학생의 국내 동물원 평가 보고서》 《동물을 깨닫는다》 《동물철학》을 읽었다. 영화 〈동물, 원〉을 보았다.

노묘인 B는 언제 무지개다리를 건너도 이상할 게 없다. 그사이에 내가 질병이나 사고로 유명을 달리하지 않아서, B의 삶을 끝까지 지켜볼 수 있길 바란다. 무척 슬프겠지만 그 슬픔은 오직 인간의 몫일 테니까. 그러니 미래의 슬픔을 현재에 끌어올 이유도 없다.

이 소설이 펫로스를 겪은 과거의 누군가에게도, 펫로스를 겪고 있는 현재의 사람들에게도, 펫로스를 겪을 미래의 우리에게도 위로가 될 수 있길 소망한다.

마지막으로, 《거미는 토요일 새벽》이 세상에 나올 수 있도록 도움을 주신 모든 분들께 감사드린다.

내가 지나왔던 모든 순간과 당신들이 나의 스승임을 잊지 않을 것이다.

2024년 가을

정덕시

타란툴라와 가족이 되는 법

김형중 문학평론가

캐나다의 비평가 노스럽 프라이는 자신의 주저 《비평의 해부》에서, 인류가 고안한 서사문학의 역사를 관통하는 한 가지 법칙을 발견한다. 이른바 '행위능력 하강의 법칙'이 그것이다. 길게 그의 이론을 설명할 겨를은 없으니 다만 서사문학의 역사는 주인공의 행위능력이 축소되는 과정에 다름 아니라고만 요약해본다. '신화/신', '서사시/반신반인의 영웅', '비극/왕', '로망스/기사 귀족', '19세기 소설/평민', '20세기 소설/하층민·바보·광인'. 서사문학의 주인공들은 그렇게 일종의 하향곡선을 그리며 민주화된다.

이 법칙을 사실로서 받아들인다면 21세기 서사문학의

주인공이 누구일지는 사실 예상 가능했다. '포스트휴먼', 그러니까 '비인간'. 대표적인 사례는 주로 SF 계열 소설에서 발견되는데, 인간보다 더 인간적인 안드로이드 모티프는 이제 한국소설에서 드물지 않다. 여기에 다른 주인공을 추가할 수도 있겠다. '비인간-동물'이 그것이다. 반려동물들과 가족을 이룬 이들이 많아지고, 인간이 동물이나 사물들에 대해 그간 저질러 온 악행에 대한 반성의 목소리가 잦아지면서 나타난 현상일 텐데, 동물은 이제 한국소설에서 중요한 자리를 차지하는 소재이자 캐릭터임에 틀림이 없다.

우리 시대의 소설 속에서 비인간 주인공들은 대체로 그간의 인간중심주의에 대한 반박의 임무를 띠고 등장한다. 즉 인간, 특히 근대적 인간은 항상 스스로를 중심으로 세상을 도구화하고 지배해왔으며 와중에 비인간 객체들은 항상 인간의 시야 밖에 존재했다는 반성 말이다. 그러나 엄밀히 말해 그와 같은 반성에 온전히 성공하는 소설적 사례를 찾기는 쉽지 않다. 반성 자체가 인간 중심적일 수 있기 때문이다. 가령 유기견이 노숙인의 은유가 되고, 안드로이드가 인간보다 더 깊은 인간애를 보여주며, 유기묘가 철거민을 대신해 말할 때, 그 완고한 '의인화' 장치는 여전히 작동한다. 말하자면 비인간 객체는 그 자체로 등장하는 것이 아니라 인간의 감정이나 인식이 투사된 채로만 등장한다.

좀 에둘러 왔지만 《거미는 토요일 새벽》이 흥미로울 뿐 아니라 문제적인 작품인 것은 그런 이유이다. 소설은 이렇게 시작한다. "오늘 무지개다리를 건넌 두희는 17년을 함께한 나의 반려동물이었다. 나는 처음으로 두희를 마음껏 쓰다듬었다". 17년 동안이나 인간이 가장 싫어하는 동물군에 속하는 타란툴라와 함께 살았다는 첫 문장도 흥미롭지만, 더 흥미로운 것은 두 번째 문장이다. 화자 수현의 저 말은 17년 동안 두희를 단 한 번도 마음껏 쓰다듬은 적이 없다는 의미이기도 하기 때문이다. 타란툴라 두희는 이즈음 한국 소설에 종종 등장하는 개나 고양이 혹은 다른 포유류와 달리 '소통'과 '이해'라는 게 완전히 불가능한, 심지어 쓰다듬을 수조차 없는 '비인간-객체'다. 타란툴라는 그 어떠한 상호소통도 거부한 채 저만치 떨어져 비바리움에 그저 17년 간 '있었다', 이해 불가능한 타자로서.

그러나 과연 이해 불가능하다고 해서 가족이 될 수 없는 것일까? 타란툴라 두희는 수현에게 아무런 영향도 행사하지 않았던 것일까? 그렇지 않다. 이 소설의 진면목이 여기에 있는데, 두희가 죽은 후 회상하는 수현의 기억 속에서 두희는 거기 가만히 비바리움에 있으면서도 자신의 사랑과, 가족 관계와, 일상생활에 깊숙이 개입했다. 두희로 인해 인생에 많은 변화가 생기고 곡절을 겪었다. 물론 그런 일들을 타란툴라 두희가 이해했을 리는 없다. 죽을 때까지 두희는 수현에게 불가해의 영역에 속해 있다. 절대적 타자 말이다.

그러나 수현은 두희를 최종적으로 가족으로서 인정한다. 소설의 마지막 문장이다. "말이 통하지 않는 무언가와 함께 산다는 건, 그래서 서로를 관찰할 수밖에 없고 그럼에도 영원히 이해할 수 없는 부분이 남아 있다는 건 내게는 그것을 있는 그대로 받아들여야 한다는 의미였다." 요컨대 정덕시의 소설 《거미는 토요일 새벽》은 우리가 어떤 방식으로 그 집요한 '의인화'를 피하면서, 비인간-객체를 '환대'할 수 있겠는가를 탐구하는, 드물게 윤리적인 작품이다.

기울어진 슬픔을 마주하는 궤적

이서수 소설가

17년을 함께한 반려동물이 세상을 떠난다면 누구든 상실의 슬픔에서 벗어나기 힘들 것이다. 반려동물과 교감했던 순간을 떠올리며 영원히 잊지 않겠다고 다짐하더라도 지금 내 곁에 없다는 슬픔은 좀처럼 사라지지 않는다. 생의 이면에 감춰진 한기를 끌어안으며 계속 살아가야 한다는 진실을 받아들이기 전까지 치유는 유예된다.

그러나 치유를 향해 나아가는 단계를 원점부터 재설계한 이가 있다면 어떨까. 상실의 경험이 자신의 삶에 미친 영향을 자의적으로 해석하고 성장의 밑거름으로 삼기 이전에, 두 존재가 서로에게 어떤 의미였는지부터 깊게 고심해

보는 사람이 있다면 말이다. 관계의 근원을 들여다보느라 슬픔을 옆으로 밀어둔 그의 서사가 나는 무척 궁금하다. 그의 사유가 그려내는 궤적은 우리가 늘 보아오던 성장 서사와는 분명 다를 것이기 때문이다.

인간 사이에도 관계는 일방의 환상으로 유지되기 마련인데, 하물며 상대가 비인간-동물이라면 어떤 일이 발생할까. 언어가 통하지 않고, 의미 있는 몸짓을 공유할 수 없다면 그 어느 때보다 강고한 환상을 기반으로 관계를 만들어갈 수밖에 없다. 오랜 기간 함께 살며 매일 식사를 챙겨주고, 보금자리를 살펴주었다고 해서 그 환상성이 사라지는 것은 결코 아니다. 정덕시의 《거미는 토요일 새벽》은 이처럼 환상에 기반하고 있는 우리의 모든 관계를 상실을 견뎌내는 이의 모습을 통해 천천히 돌아보게 만든다.

수현은 17년을 함께한 타란툴라 두희가 죽자 다시 찾아오지 못할 곳에 두희를 묻는다. 두희가 그리워질 때마다 발길이 향할 수 없도록 두희에게로 향하는 길을 스스로 막은 것이다. 거미에게 인간이 어떤 존재였을지 깊게 고민한 끝에, 사후에도 관계의 환상에 함부로 이용되지 않게 하려는 수현의 선택은 상실의 슬픔보다 한층 무겁게 느껴진다. 소통할 수 없었던 동물의 진정한 해방을 위한 것이라면 더더욱 그렇다. 때론 추도조차 일방의 평안을 갈구하는 마음에서 기인할 수 있다는 뼈아픈 깨달음은 몇몇 보편의 행위에서 이기심을 발견하게 만든다.

이토록 철저하게 비인간의 입장에서 생각해볼 수 있는 자세는 인간의 경계 바깥을 다녀와본 자만이 가능하지 않을까. 수현이 꿈속에서 두희의 기억을 따라 체험한 일들이 서술된 장면은 문학만이 할 수 있는 방식으로 두 존재의 경계를 허물며 독자를 거미의 세계로 이끈다. "그곳에서는 날이 밝을 때 은신처에 몸을 숨겼고, 어두워지면 은신처 밖으로 나와 움직였다. (……) 나는 인간으로서는 이해할 수 없는 감각에 몸을 맡겼다.(143~144쪽)" 연이어 꿈속의 수현은 "그립고, 보고 싶고, 영원히 잊을 수 없을 것 같은 미지의 움직임(146쪽)"을 포착한다. 두 존재 사이의 경계가 허물어진 뒤, 종의 명명조차 사라진 세계에서 이별은 어떤 대상을 향한 선포가 아니라 다만 움직임일 뿐이라는 전언일까.

두희의 세계와 그들의 관계를 탐구하며 수현은 슬픔의 당위성을 멀찍이 밀어두었지만, 뒤늦게 '펫로스'라는 단어와 맞닥뜨리고 자신의 슬픔을 껴안는다. 그러나 때늦은 깨달음이 아니다. 두희를 따라 최대한 멀리까지 가보고 나서야 비로소 자신에게로 돌아와 "이름이 없는 마음"에 이름을 붙여줄 수 있게 된 것이다. 어떤 이름은 그처럼 멀리 돌아가야만 손 안에 쥘 수 있다. 지연된 시간만큼의 무게감을 오롯이 느끼며 자신의 몫으로 주어진 슬픔을 담담히 받아들이게 한다.

소설을 다 읽고 난 뒤엔 나도 수현처럼 두희의 마음이 몹시 궁금했다. 거미 두희에게 인간 수현은 과연 어떤 존재였을까. 영원히 알 수 없고 인간의 상상만으로 채워질 답변이지만, 우리는 알려는 노력과 알기 위한 상상을 멈추지 말아야 한다. 결국 "말이 통하지 않는 무언가와 함께 산다는 건, 그래서 서로를 관찰할 수밖에 없고 그럼에도 영원히 이해할 수 없는 부분이 남아 있다는 건 내게는 그것을 있는 그대로 받아들여야 한다는 의미(225쪽)"임을 깨닫기 위해.

있는 그대로 받아들이려는 노력이 없다면 우리는 서로에게 영원한 타자가 될 것이고, 종국엔 자신에게도 타자로 남을 것이다. 이 책은 내게 서로 다른 두 존재가 어떻게 함께 살아가야 하는지를 아름다운 서사로 알려주었다.

제1회 아르떼문학상 수상작

거미는 토요일 새벽

1판 1쇄 발행 2024년 11월 25일

지은이 · 정덕시
펴낸이 · 주연선

(주)은행나무
04035 서울특별시 마포구 양화로11길 54
전화 · 02)3143-0651~3 | 팩스 · 02)3143-0654
신고번호 · 제 1997—000168호(1997. 12. 12)
www.ehbook.co.kr
ehbook@ehbook.co.kr

ISBN 979-11-6737-484-4 (03810)